Flag 4.
不過，我們是摯友對吧？
上
男女之間存在純友情嗎？
不，不存在！
七菜なな
插畫／Parum
Kadokawa Fantastic Novels

畢竟是高二的夏天，還是要去一下海邊吧——！
犬塚日葵
Himari Inuzuka
夏目咲良
Sakura Natsume
榎本紅葉
Kureha Enomoto

夏目悠宇
Yu Natsume
真木島慎司
Shinji Makishima
犬塚雲雀
Hibari Inuzuka
榎本凛音
Rion Enomoto

我們來到東京了！
「榎本同學變成壞孩子了……」
「我打從一開始就不是乖孩子啊。」
「小悠，我們戴吧。」

一起留下許多只屬於
我們的夏日回憶吧。
『什麼，沒想到妳這麼起勁……』
『好吧。我會忍耐當個摯友。』
『在這趟旅行當中，絕對要貫徹摯友的關係。』

「……在那座植物園經歷過的事情，我到現在還記憶猶新。」
我站在原地，回過頭去。
榎本同學的表情非常認真。
我入迷地看著她率直的美麗……不禁停下了腳步。

contents

七菜なな
插畫／Parum
Flag 4.
不過，
我們是摯友
對吧？
上
男女之間存在
純友情嗎？
不，不存在！
Kadokawa Fantastic Novels

Prologue 凜音重整態勢

大家好，我是真木島慎司。

現在是八月中旬，紅葉姊引發的挖角日葵事件落幕後的隔天。

整件事情圓滿解決，我們高二這年的夏天也要結束了……但這個暑假可說是相當充實。

前半段的時間我都埋首於社團練習，到了後半又因為朋友們的戀愛糾葛而爆發了麻煩事。整個狀況的發展讓人完全不會覺得無聊，相當有「青春」的感覺，確實不錯。

小夏跟日葵的情侶吵架也總算告一個段落了。

他們這一對逕自產生麻煩，然後逕自陷入差點決裂（這是第幾次了啊？），最後多虧有我才能迎來圓滿大結局。

好像都能聽見為我這個幕後主角送上的喝采了。雖然也害得我因此欠了那個可恨的完美超人一筆……但這樣也還不賴啦。太完美就不青春了。

好啦。午後時分，當我像這樣自顧自地沉浸在整個故事寫到終章的心境之中時——突然就被兒時玩伴小凜的一通電話叫醒。好像是要我立刻過去小凜家的樣子。

「……該不會又是安慰派對吧？」

之前小夏跟日葵有所進展的時候也發生過一樣的事情。我都說了不喜歡吃甜的東西，她還是拚命塞蛋糕跟烤點心給我吃。一想到又要面對那樣的地獄，總覺得讓我提不起勁。好不容易才把體重減回來……

那間裝潢雅緻的蛋糕店位在我們家寺廟後方。外觀看起來簡直就跟童話故事中松鼠的住家一樣，卻因為從後門看過去就是一片墓地，而散發出刺激的氛圍。

其實這是我在他們改裝之後第一次叨擾，而小凜的房間就在二樓。

我站在她的房門前，心情不禁有些陰鬱。

經過昨天那件事情之後，小夏跟日葵的感情又更進一步了。

即使小凜的心靈層面堅強得跟怪物一樣，不管怎麼說應該還是很消沉吧。儘管這是她自己招來的結果，但心情上能不能接受又是另一回事了。

剛才經過廚房時，飄散著一股烤點心的香氣。這間蛋糕店的經營模式是早上就會準備好當天要賣的商品。也就是說，下午做的點心通常都是他們自己要吃的。

果然又要再次面對四月那時的安慰派對嗎……不，別說了。我也算是自願蹚這灘渾水，收拾善後也算在職責當中吧。

我記得現任女友應該喜歡吃甜食。要找個人來代打嗎？

一邊想著這些事情，我敲了敲房門……然而房內沒有傳出回應。

把人找來，自己竟然不在家？這傢伙不只胸部，連態度都越來越囂張了。國小時那個柔弱的小凜已經不存在於這個世上。

唉，算了。既然阿姨都說我可以自己進去她房間，那我就直接進去好了。反正裡頭應該也沒有什麼被看到會覺得困擾的東西。不過未來要招待小夏進來的時候，我覺得她還是把牆上職業摔角選手的海報撕下來比較好。

我打開門，進到房間裡。

「打擾嘍……啊？」

房內一片昏暗。

可以看見窗簾是拉起來的。應該是為了防止日曬……不，不對。有個很大的東西倒在床邊。

我一瞬間還以為自己看錯了。

倒在那邊的是被鎖鏈綁起來的紅葉姊。

「嗚哇啊啊啊啊啊啊啊啊啊啊啊啊啊啊啊啊啊啊啊啊啊啊啊啊啊！」

就連我都被嚇到放聲大叫。

一個不小心就跌坐在地。甚至還一屁股坐在拿來當伴手禮的高級紅茶禮盒上。

因為我的哀號而醒過來的紅葉姊，就像在懇求似的發出這般悶聲：「嗯～！嗯嗯～！」她的嘴巴被膠帶封了起來。

（這、這到底是什麼狀況……？）

昏暗的房間裡，有個動彈不得的美人模特兒。而且在她身邊四散著……這什麼東西啊？像是沾了鮮奶油的盤子，還有十幾個？

這是某種犯罪現場嗎？

不，既然是小凜就不會有這種事。她雖然會若無其事地做出徘徊在灰色地帶的事，但完全沒有做過明擺著不對的事情。小凜是個是非分明的人。

如此說來，這只是小凜在跟姊姊「玩」而已。

「紅葉姊，我實在搞不懂妳們，不過榎本姊妹的互動還真是刺激啊。」

「嗯～！嗯～！」

「啊哈哈，我開玩笑的。但追根究柢，也是因為當小凜還小的時候妳都沒有陪她玩所導致的

吧？這害她在衡量與最喜歡的姊姊之間的距離時，產生了很大的偏差喔。」

「嗯嗯……」

紅葉姊投來埋怨的眼神。

……看來，她是真的掙脫不了身上的鎖鏈耶。紅葉姊那張嘴確實是魔王等級，但面對物理攻擊時承受力其實很弱。所以只要小凜來真的，馬上就能逆轉兩人的立場。

確實滿可憐的，但我不會救她。得意洋洋地眺望著一直以來戲弄自己的人露出毫無防備的模樣，感覺也很不錯。

當我坐上椅子並用扇子搧著風的時候，房門開啟了——

雙手各拿著一個完整蛋糕盤的小凜，堂堂正正地站在那裡。

一踏進房間，她的眼神就向下瞪視著紅葉姊。她渾身散發出宛如森林魔女般不祥的壓迫感，撕下了紅葉姊嘴上的膠帶。

「來吧，姊姊。來享用更美味的蛋糕吧……」

「凜音！我真的再也吃不下了啦～！」

「那可不行。姊姊必須因為妨礙小悠他們而受到懲罰。來呀，用這個完全沒有顧慮熱量，加

了滿滿牛奶跟砂糖的蛋糕，變身成棉花糖美女吧。」

「哇啊～！這樣我會沒工作啦，拜託妳住手～！」

……這場鬧劇是怎樣啊？

看著小凜不斷將舀了蛋糕的湯匙塞到紅葉姊的嘴邊，我不禁嘆了一口氣並阻止她。

「小凜，妳就放過她吧。既然是懲罰，比起這種情緒化的報復，利用她來當我們的棋子進而回收利益才比較有意義。」

小凜停下拿著湯匙塞蛋糕的動作之後，看到悠哉地坐在椅子上的我就皺起眉頭。

「小慎，我覺得你這樣隨便進到女生的房間實在不太好。」

「是妳找我來的，而且我一點也不想被會把姊姊監禁在自己房間裡的女人這樣嫌棄……」

小凜一臉傲慢地無視我。真是的，她還是一樣，在沒有小夏的地方態度就這麼冷漠。

「所以呢？妳把我找來的原因是什麼？應該不是要我幫妳掩埋棉花糖紅葉姊的屍體吧？」

「怎麼可能啊。小慎，你有時候真的會說出這種蠢話耶。」

……聽她這麼說還沒有發火，我真的非常了不起。

「不然是怎樣？快點把重點說一說吧。別看我這樣，還得去做暑假作業才行。」

「小慎三天就能做完了吧。比起那個，我有更重要的事要跟你說。」

「在看到這個慘狀之後實在不想聽耶……不過算了。妳說吧。」

小凜手中拿著一個資料夾。

裡頭夾著一些文件。她一張張拿出來之後，朝我跟紅葉姊遞了過來。紅葉姊雙手都被綁住了，於是就放在她能看得到的地方。

我大致上看過之後，不禁按住眉頭。察覺到她找來我的理由，讓我頭痛了起來。

「……小凜，這是怎樣？」

「我剛才去便利商店列印出來的。」

「不，我不是在問你這個詭異的東西是從哪裡來的。我是在跟妳確認這上頭寫的內容是認真的嗎？」

小凜得意洋洋地哼了一聲。

……為什麼她會一副自信滿滿的樣子啊？如此一來，我也能預測出她接下來要說什麼了。

「我原本計劃好要跟小悠恩恩愛愛地度過這個夏天。畢竟是高二的暑假嘛。明年就要準備大考，暑假應該也都要念書對吧？」

「…………」

嗯，對啊。

我連這樣的回應都說不出口。小凜再次看向手中文件，同時語氣強烈地說：

「我想跟小悠去海邊玩。」

「我知道。這上面有寫。」

「我想跟小悠逛街。」

「我知道。這上面有寫。」

「我想跟小悠吃美食。」

「我知道。這上面有寫。」

「還有，我想跟小悠……接吻之類的……嘿嘿。」

「……這上面雖然沒寫，但妳的心情表露無疑。」

雙頰染上一片羞紅的絕世美少女。

原本應該是令人大飽眼福的光景，整片景色在我眼中卻好像都被渲染成復古色調一樣。我一點也不想看到兒時玩伴的這副德性……不，別說了。這幾個月來，我也得意忘形地一直煽動小凜，結果造就了這個戀愛怪獸。

下一刻，小凜收斂起表情……她一本正經地朝我看了過來。

「反正還有兩星期，應該來得及吧？」

「……是啊。有個十五天，最少也能約會十五次。小事啦。」

天數並不是問題。

既然是特別強化了物理攻擊的小凜，只要她有意拿出真本事就能實行吧。更何況用「一起寫暑假作業」這種讀書會的名義潛入夏目家，也是小事一樁。

然而，在那之前得面臨一道建立在話語上的高牆。

「小凜。妳忘記自己做了什麼事嗎？至少現在的小夏是日葵的。既然如此，小凜怎麼有辦法獨占小夏啊？」

「…………」

小凜愣了愣。

「咦？為什麼不行？」

「不不不，再怎麼說，要跟現在的小夏恩恩愛愛地照著這份清單玩過一輪應該是……」

「不過，我們是『摯友』對吧？」

「…………」

哦哦～

我啪地一聲闔起扇子。

總算聽懂她的意思了。

我看這個女人沒打算矜持吧？

原來如此，道理上是說得過去。既然日葵都勉強在「摯友」的範疇內跟小夏曬恩愛，那麼同為「摯友」的小凜要跟他這樣親熱也沒問題是吧。難怪她會毫不遲疑地幫忙修復小夏跟日葵的關

係。

那兩個人至今以摯友名義（黑歷史）共度的過去，往後將會成為小凜的免死金牌。

……真有趣。

我還以為小夏跟日葵的關係會就此穩定下來，看來也不一定呢。多虧如此，我應該又能多一項不錯的消遣。

「好啊。我也正在苦惱要怎麼反將那個完美超人一軍。就如妳所願，這次幫忙小凜一把好了。」

「我就知道小慎一定會這樣說。」

我們對著彼此豎起拇指。

我就這樣將目光轉向紅葉姊。

「所以說呢？妳要怎麼處置紅葉姊？」

「姊姊害我就這樣白白用掉半個暑假，必須負起責任才行。要不是這個人說出那種蠢話，我早就能跟小悠多玩久一點了。」

她惡狠狠地瞪向紅葉姊。

紅葉姊也發出短促的哀號並抖了一下。看來整盤蛋糕的拷問效果超群……畢竟這個人拚了命在做這份工作。

「姊姊也要幫我喔。知道嗎？」

「……我、我知道啦～」

紅葉姊感覺很不甘願地答應了。只要自己可以取得主導權，就連雲雀哥也能殺的女人，在妹妹面前可是顏面盡失。

「那麼～接下來就要點燃反擊的狼煙呢。為了避免被察覺，得縝密擬定計畫才行。要是遭到日葵跟完美超人妨礙就麻煩了。」

「小慎，你不要突然就主導起來好嗎？」

「別說得這麼冷漠嘛。思考計畫就是我的職責啊。」

反正，只要我認真起來，暑假作業這種東西一天就能完成。

看樣子我們高二的夏天，還會再持續一段時間。

I

「戀愛的喜悅」

八月下旬——

自從留住本來要隨著紅葉學姊離開的日葵之後，過了一個星期。

這天傍晚，當太陽還高掛天空的時候，我在國道上騎著腳踏車。

天氣比正中午還舒適了一點點，但依舊很熱。夕陽把肌膚曬得發燙，不但氣喘吁吁還渾身噴出汗水。距離跟日葵約好的時間，感覺就快來不及了。

我花了太多時間在挑選衣服。

本來想說機會難得，穿件跟平常不太一樣的衣服也好。

但很可惜的是，在我的衣櫃裡並沒有日葵不曾見過的服裝。早知道會這樣，我就該買件只會在特別場合穿的衣服放著。最近這一年由於身高不斷抽高，一直覺得要是很快就穿不下也很浪費，所以平常只有買帽T而已。

最後我還是覺得跟平常一樣穿帽T配牛仔褲最舒適，真的是笑不出來。

（她會不會生氣啊……）

我從來沒有因為跟日葵相約見面而這麼擔心過。

話說回來，她不是會因為我遲到就生氣的那種人。這份焦躁感，真要說起來其實是在針對自己。

至少今天我想表現得好一點。

從國道往市公所的方向轉去，然後騎到舊道路。車道的兩側，隔著相等距離插著特色鮮明的旗幟。

上頭寫著當地的夏日祭典名稱。到了這裡時不時就能看見身穿浴衣，並朝著祭典會場走去的女生們。

浴衣真的很棒。在為數眾多的服裝之中，就屬浴衣跟花搭配起來特別亮眼。若選擇把頭髮盤起來露出後頸，甚至光是如此就足以榮獲優勝。

日葵今天也想必……

「嗯嗯？」

無意間，在我超越一群女生的時候，總覺得好像有個人正戴著永生花的髮飾。難道是我們學校的學生嗎？不，那個人感覺是國中生的樣子……

因為只是轉瞬間瞥了一眼，沒有看得很清楚。至少可以辨明花的種類也好……不，還是算了。現在要是折返去看，會被誤以為是變態。我現在還有更重要的事情要做。

我將腳踏車停在停車場內。平常我都是隨便停在便利商店旁邊，但今天要是這麼做，一定會帶給別人困擾。

鎖好輪胎之後，我就朝著附近的LAWSON走去。看著手錶確認了一下時間，剛好遲到十分鐘。雖然一點也不剛好，但不覺得這樣講就能得到原諒嗎？

（比起這個，不知道日葵到了沒……）

從外頭朝著店內一看，馬上就找到我要找的人了。

犬塚日葵。

有著一雙藏青色大眼、妖精般的美少女。因為實在太過可愛，一個不小心就會被東京的演藝經紀公司看上，像個堂堂的女主角。

她是我原創飾品的專屬模特兒，一星期前則升級成「有點特別的關係」。那頭鮑伯短髮加了一點編髮的造型，惹人憐愛的程度比平常增加了300％。

她今天穿著荷葉滾邊的細肩帶上衣，搭配牛仔短褲。沒有穿浴衣讓我覺得有些可惜，但仔細想想，這傢伙在家裡總是穿著浴衣。

日葵在雜誌區翻閱時尚雜誌。我一進到店裡，立刻就朝日葵搭話：

「日葵，抱歉，我來晚……了？」

話才說到一半就中斷了。

原因很簡單。

……因為日葵看起來心情超差的樣子。

不但惡狠狠地瞪著我，還這樣沉默地緊盯——著進行恐嚇。這股壓迫感雖然不如她的哥哥雲雀哥，但已經足以壓制我了。

「呃，日葵同學？我是搞砸了什麼嗎？」

「……夏目悠宇同學。請問你還記得答應過我的事情嗎？」

不但用全名叫我，講話還這麼客氣。

這讓我顫顫地抖了一下身體，緩緩道出心裡有數的事情：

「答應過的事、答應過的……呃，抱歉，我今天出門前多花了一點時間。不好意思，沒能先聯絡妳一聲，但我真的很趕……」

「我要說的並非遲到這件事。請你仔細回想看看。」

哎呀。語氣漸漸從客氣變成冷漠了。

感覺好像在做英文的聽力測驗。我不禁冷汗直流，一邊拚了命地思考。

這時我總算想到了。

「呃——妳是說每天都要傳一次LINE……那件事？」

「…………」

日葵那雙藏青色的眼睛閃現銳利光芒。

下個瞬間，她就伴隨一道「姆嘎啊啊！」的吼叫朝我襲擊過來。

「一整個星期都聯絡不上，到底是在想什麼啊，你這個缺德的傢伙——————！」

「我有什麼辦法！這一個星期以來，我的手機就是被咲姊沒收了啊！」

明明輸給紅葉學姊卻留住了日葵，光是這點就足以惹惱咲姊了。她不但要以整個暑假期間都沒收我的手機作為制裁，還在家中經營的便利商店給我排了滿到爆表的班。今天這個約是我用家裡電話打過去請日葵的媽媽轉達，也是時隔一星期像這樣跟日葵講上話。

日葵的眼眶泛淚，一邊沉吟著「咕唔唔唔……」一邊緊緊抓住我帽T的衣襬。

「你懂不懂啊？經歷那麼戲劇化的美好結局之後，從隔天開始傳過去的LINE就全都被不讀不回的我是怎樣的心情！今天到了約好的時間也沒看到悠宇，害我想說：『奇怪～？該不會是花了整個暑假，對我進行一場盛大的整人計畫吧～？』整個人都坐立難安，你到底懂不懂這種少女的心境啊————！」

「不不不。等一下。妳先冷靜點。這裡是人家店裡，而且我也沒有拿著寫了『整人大成功！』的字卡啊……」

我趕緊把整個人激昂起來的日葵帶出便利商店。收銀台的婆婆投來「哎呀哎呀真是年輕」那種關愛的眼神，實在讓人很受不了。

我們來到炸雞君的特價廣告旗旁邊。

日葵感覺就快哭出來似的嗚咽著，緊緊瞪視著我。

「然後呢？」

「怎、怎樣？這次又怎麼了？」

日葵生著悶氣鬧起彆扭般，用額頭蹭起我的胸膛。當她抬起臉朝我瞄過來並對上眼之後，便雙頰泛紅地撇開了視線。

……她悄聲且委婉地說：

「你要給忍耐了一整個星期的可愛女朋友什麼獎勵？」

「…………」

咕哇啊……差點就要咳血了。

咦，怎樣？獎勵？這段時間都勤於勞動的我才想要獎勵好嗎？話說，當面說著什麼女朋友，未免太狡猾了吧？但這種狡猾的個性也很有小惡魔的感覺，超可愛就是了！

真的好嗎？真的可以維持這種氛圍吧？拜託等一下可不要給我來個「噗哈～」喔！

「妳想要什麼獎勵？」

忍不住有點刻意地裝出帥氣的聲線，也是無可厚非吧。

日葵忸忸怩怩地糾纏著雙手，接著害羞不已地抬起目光看了過來。

「你猜猜看？」

「…………」

天啊好煩。

日葵這種地方真的有夠煩。這樣的個性還是沒變啊。而且啊，就是因為這種煩人的地方，我們才會發生好幾次糾紛不是嗎？也該有點學習能力了吧。

不過，只會用這種麻煩方式來吸引我注意力的笨拙日葵也很可愛就是了！

唉～真是夠了。雖然不知道她想要什麼，但我真的什麼都能送給她。我會全數奉上這一整個星期沒日沒夜地在便利商店結帳、上架、店內清潔所賺來的零用錢。雖然要加上「兩萬圓以內」這樣像是買遠足點心一樣的條件，但我真的做好什麼都不怕的覺悟了！

「日葵，是我輸了。妳跟我說吧。」

結果日葵說著：「要什麼好呢～」不斷賣關子到最後，才惡作劇般的說：

「我呀，好想跟悠宇牽手喔。」

日葵流露出「說出來了。呀啊☆」這種非常雀躍的感覺，伸手托上臉頰。

……什麼？

那是怎樣？

妳說那是怎樣啊！

妳這傢伙，以前就有跟我稀鬆平常地牽過手了吧？為什麼突然變成要事先申請啊？這種事情就連小學生情侶都在做喔……我世界第一可愛的女朋友ＣＰ值實在太高，感覺讓我深陷泥沼。

「好、好啊。喏，牽手吧。」

日葵的手伸了過來。喂喂喂，美少女連手相都這麼可愛。

但我超緊張的……仔細想想，這是我第一次主動跟她牽手吧。並非摯友，而是以女朋友的身分……救命啊，我的心臟跳得飛快到不行，好像快死了。

我戰戰兢兢地握住日葵的手。

好柔軟。不，她的手一直都是這麼柔軟，但有種跟之前不一樣的感受。這就是女朋友啊……

這麼想了之後，身體就逕自跟她十指交扣。看了這種牽法，日葵抖了一下做出反應。

「啊。」

「咦？哪、哪裡不對了嗎？」

我連忙就要恢復到平常牽手的方式。

但日葵這時緊緊地交扣住手指，阻止了我的動作。她揚起滿臉笑容，另一隻手伸了過來，彈了一下我的鼻尖。

「完全正確♪」

「唔咕……」

總覺得完全被她玩弄在股掌之中。

害羞到不行。不過，這也總比「噗哈～」要好得多就是了。而且又這麼可愛。

「那我們去祭典那邊吧。」

「也、也是……」

我們朝著聚集了身穿浴衣的學生們的方向走去。

晚夏的入暮時分。

浸濕上衣的汗水。

夕陽一點一點渲染著這個鄉下小鎮。

日葵把玩了一下編髮的地方，接著就按捺不住竊喜的心情似的綻放笑容。

「噗嘿嘿……」

咕哇啊！

實在太可愛了，我差點就要咳血。

那個「噗嘿嘿」是什麼意思啊？難道是想當作「噗哈～」的嬌羞版本嗎？也太隨便了吧。

這麼好懂的日葵也是世界第一可愛耶！

♣ ♣ ♣

這場夏日祭典就在這個小鎮中規模最大的商店街舉辦。

越是朝著祭典的正中央走去，步道上就能看見更多整排色彩繽紛的攤販。就像匯流成大河似的，從各個方向過來逛祭典的人潮越來越多。最後甚至擁擠到讓人難以呼吸的程度，不同於夏天帶來的熱氣，讓肌膚沁出了汗水。

不過，走在這種人擠人的步道上，就能當作跟日葵貼緊緊的藉口，我倒是沒差啦！

「日葵，妳會覺得不舒服嗎？」

我有點擔心地問了一下，結果日葵勾起微笑說道：

「反正可以跟悠宇貼在一起，我沒關係喔♪」

咻～

我們也真合拍。不愧是獨一無二的夥伴兼命運共同體（共犯）。就連正在想的事情都一樣也太猛了吧？契合到讓人懷疑之前一直產生誤會到底是怎麼回事。如果能更早變成這樣的關係就好了。

「我每年都會想，這個鄉下地方哪來這麼多人啊？」

周遭四處傳來雜亂無章的話語聲，就像雜音一般堵住我的耳朵。

我們也是從剛才開始就用滿大的聲量在對話。在這種人擠人的狀況下，就只有女國中生喊著「啊，〇〇也來玩了喔～？」的尖銳聲音聽得特別清楚，真是不可思議。

確實是有不太舒適的地方，但感覺並不討厭。

祭典會場散發出的氣氛，讓人產生好像有什麼事情即將揭開序幕的預感。但這或許只是因為日葵就在身邊。

「鄉下地方沒什麼活動，大家才會聚集過來吧～昨天有馬場舞的表演，聽哥哥說好像人潮更多喔。」

馬場舞是在這個地區傳承下來的傳統盆舞。

舉辦夏日祭典時，跟這個地區的企業攜手像遊行般表演舞蹈的光景可說是一幅風情畫。我爸爸應該也有參加，但我不太了解詳情。

「雲雀哥是主辦委員嗎？」

「是啊～哥哥好像還有穿著法披在高台上打太鼓喔。」

「咦？那是怎樣，超想看耶！」

「媽媽應該有把新聞節目拍到的畫面錄下來，下次我再複製一份給你。」

在我們聊著這些事情時，也漸漸被人潮推著前進。

民眾聚集的密度越高，人流的規模也會越大。要是不像鮪魚一樣不斷移動腳步，就會帶給後

方跟上來的人麻煩。假如有人跌倒，真的會演變成重大事故。能從這股強大的人潮力量下保護好日葵的，只有我而已。

「日葵，煙火什麼時候開始？」

「七點開始喔。」

那是今天的主要活動。

這個城鎮的夏日祭典為期兩天。第一天是馬場舞，第二天就是煙火大會。當地的師傅會在流經市區的一級河川岸邊，連續施放上百發的煙火。費用是向市民募資而成，我們家的便利商店也有擺一個募款箱。

（雲雀哥去年弄了一個以花為主題的煙火秀，讓我看得超興奮呢。）

不知道今年會是怎樣的煙火？

日葵好像沒聽說過，不過我一樣相當期待。而且這種藝術性質的娛樂活動，也能成為製作飾品時的參考。

在我遙想著煙火的時候，日葵大力晃了晃牽著的手。雖然手臂超痛的，但這也是日葵表現愛情的一種形式，我能欣然接受。

「悠宇，我們去那邊吃點東西吧？」

「啊，我肚子也餓了。」

於是我們一起去看祭典的攤販。

一定會有的烤玉米、章魚燒，以及薯條。還有德國香腸、日式炒麵。烤魷魚更是散發出誘人的香氣。

各式甜點也是祭典美食的一大重點，但現在肚子餓了，還是這種能吃飽的餐點比較好。

這時，日葵伸直了手指向某間攤販。

「悠宇，有筷子捲耶！」

「啊，真的耶。」

筷子捲。

一如其名，這是一種用竹筷將薄薄的大阪燒捲起來的料理。在其他地方好像稱作「咚咚燒」或「捲捲大阪燒」之類的樣子。這是去年夏日祭典的時候雲雀哥跟我說的。

就祭典來說，這種料理頗具潛力。畢竟是棒狀的，吃起來很容易。也可以把竹筷抽出來夾著吃。更重要的是這種澱粉類的食物可以填飽肚子，以路邊攤料理來說CP值很高。

攤位上感覺很親切的大叔老闆也注意到我們了。

「有剛炒好的喔～」

「啊，那我要買！」

攤位前方陳列著大量的筷子捲。

上一個客人買走了幾個，只見擺放處有一個個缺口。另一邊的鐵板上煎著新的麵糊，正滋滋作響。

嗯～這種感覺很隨便的光景有著濃厚的祭典氣氛，看起來就很開心。而且這也算是大阪燒的親戚，口味種類相當豐富。

最基本的是醬汁跟美乃滋。然後是擁有一定人氣的起司口味，也有撒上大量蔥花的「翠玉口味」，以及加上泡菜的口味。另外還有番茄醬跟明太子。而加了荷包蛋的口味，賣相更是一流。

「欸，悠宇要點哪一種？」

日葵猛晃著我的手臂。

她剛才也做了一樣的動作。這應該是呈現出了耍賴撒嬌的女朋友情調吧？這麼可愛的日葵想吃什麼，我就吃什麼啦。

「日葵應該想點泡菜的吧？」

「咦，悠宇為什麼會知道？」

「日葵喜歡吃的東西，我基本上都知道啊。」

這麼說完，日葵感覺開心不已地拍打著我的肩膀。

「真是的，不愧是悠宇耶！我們果然是緊密地相繫在一起啊～！」

「妳不要在這種地方這樣講啦，很害羞耶……」

嘴上謙遜地這麼說，但內心有種可以的話想更盡情放閃的念頭。這是不是之後回想起來會覺得很丟臉的那種互動啊？不過，我看其他人也差不多吧。

大叔老闆將泡菜口味的裝進了塑膠盒裡面。

「那男朋友要點什麼呢？」

「……唔！」

這麼做出反應的，不是我而是日葵。

她突然故作「媚態」，若無其事地強調跟我十指交扣的手。

「老闆，難道我們看起來就像是情侶嗎～？」

「是啊。而且看上去很相配喔。」

大叔老闆豪爽地笑著這麼說。

日葵的雙眼因此閃現光輝。她突然伸手抵著臉頰，「呀啊～」地叫著，還一邊拍打我的肩膀。

「人家說我們很相配耶！很、相、配、耶！討厭啦～都看得出來啦～！我們就是散發出這種氣場，這也沒辦法呢～！通常都會看得出來嘛～！」

「好痛好痛好痛。呃，這樣打真的很痛……」

應該說那樣還不讓人覺得是情侶才奇怪吧？但先不論這點，完全揮別交往前那種「戀愛只是

一種禍害」念頭的日葵也超級無敵可愛。

「那請給我一份起司口味。」

「好喔～」

正當我拿出錢包時，日葵突然說：

「啊，對了。我來買起司口味的給悠宇，悠宇就買泡菜口味的給我吧。」

「啊？這樣分帳有什麼意義啊？」

這點小錢本來打算都由我來出耶。

結果日葵那傢伙發出「噗噗噗」的聲音，一臉就像在計劃著什麼不太好的事情。

「我們買給彼此，再一起吃吧？」

「……哦？」

真是讓人出乎意料。堪稱日葵大師的我竟然沒有察覺，不禁懊悔地沉吟。

這是個有趣的提議。真不愧是日葵，相當了解讓這樣的小事件變得加倍開心的方法。就算是這種幾乎會成為黑歷史的危險消遣，只要是跟日葵一起，想必能跨越過去。

「真不愧是日葵，受歡迎的經驗值有夠高耶。」

「不過悠宇可是奪走了我的心喔♪」

她戳著我的鼻尖，也讓我產生心癢難耐的心情。

「別這樣捧我。直到現在我也還會想，妳跟我這種人在一起真的好嗎？」

「不可以說這種話啦。而且悠宇的優點，只有我知道就好了啊～」

「……日葵，妳這樣的想法真的讓我很開心。謝謝啦。」

我們再次緊緊地牽住手，並且相視著彼此。日葵那雙藏青色的眼睛，總覺得看起來閃亮又耀眼。

天啊，超想接吻的。真的可以嗎？但不管怎麼看，現在都是個絕佳時機吧？日葵一定也有所期待。

「日葵……」

「悠宇……」

日葵甜美的嗓音，讓我的腦袋也為之蕩漾。

啊，這真的可以……

結果，突然有一大袋塑膠袋介入了我們相視的臉之間。當我有種「誰啊……？」的感覺，轉頭一看，只見大叔老闆的臉頰有點紅了起來。

「唔、喂，我知道你們夠恩愛了，快點拿去吧。我有給你們這對情侶加料了啦……」

「啊，不好意思……」

連忙結帳之後，我們便離開了攤位。

♣ ♣ ♣

我們遠離了滿滿人潮。

剛好在路口那邊有一處花壇，我們就坐在那裡雙手合十一起開動。日葵馬上就說到做到的樣子，準備要餵我吃起司口味的筷子捲。

「來，悠宇。啊～♡」

「…………」

幾乎快要滿出來的起司，流淌在筷子捲上，還滴了下來。

情侶加料是怎樣？不是情侶折扣嗎？這個起司的量沒問題嗎？真的是人類可以吃的東西嗎？

但是，一想到要是吃壞肚子還有日葵照顧，就結果來說也會變成好事。

「那我就不客氣了……呼咕。」

好好吃。有起司跟日葵愛情的味道。也就是說愛情等同於熱量嘍？畢竟這兩個感覺都對健康不太好。原來如此，我懂了。

我從手中的塑膠盒中，拿起了泡菜口味的筷子捲。

「來，日葵也吃吧。」

「啊～♪」

……啊，這是可愛的舉動呢。

毫無防備地張嘴的日葵實在太過可愛，稍微勾著耳邊頭髮的動作也很可愛。感謝上天給予我餵日葵這個美少女吃筷子捲這樣的特權。

「呼嗯！」

只咬了前面一點點的日葵，感覺很開心地笑了。

「好大塊喔。」

「……畢竟是情侶加料嘛。」

我看接下來每到一個地方買東西的時候，都盡情放閃好了？我家女朋友不但可愛，在經濟層面來說也很強，實在非常可靠。

一邊拿著滿滿起司的筷子捲餵我，日葵像是回想起來似的說：

「悠宇，這麼說來啊，你要幫家裡便利商店顧店的事情，現在怎麼樣了？」

「已經補完之前為了跟紅葉學姊一決勝負時不斷休假的部分了，接下來應該就跟平常一樣吧。一半時間打工，一半時間休假。」

「啊，那不然呀，下個星期日要不要去海邊玩？昨天榎榎有來約我喔～」

「海邊？」

日葵感覺很開心地給我看她們LINE的聊天畫面。

榎本同學用一個套著泳圈的貓咪貼圖，提議：「想不想……去海邊喵？」榎本同學挑選的貼圖還是一樣，情緒滿高昂的。

「她說畢竟是高二的夏天，還是要去一下海邊吧——」

高中的暑假確實也只剩下明年而已。既然高中畢業之後立刻開店的夢想已經抵銷掉了，未來也可以選擇繼續升學。如此一來，就不知道接下來還有沒有閒暇可以玩樂了。我也贊成乾脆趁現在留下一些回憶。

拿夏季花卉加工成飾品的工作正一點一點進行。只要能順利在這幾天內完成，應該也有去海邊玩的這點餘裕才是。

「話說有誰要去啊？既然是榎本同學提議的，應該還有其他人同行吧？」

「聽說還有真木島同學跟哥哥。」

「咦，雲雀哥？」

平常確實都受他的關照，但他從來沒有參加過像這樣的玩樂活動。心境上究竟產生了什麼轉變啊？

「他似乎負責開車。好像是真木島同學去說服哥哥的喔。」

「是喔……總覺得真木島會去找雲雀哥實在很難得……」

只要日葵不介意就好，而且仔細想想，我也沒有在放假的時候跟真木島出去玩過。那傢伙總是要去社團練習，我也都忙於製作飾品。這或許是一次好機會。

「那很好啊。我會把時間空出來。」

「既然悠宇要去，我也一起參加嘍……好了。」

她在LINE的聊天視窗中，簡短地打了一句「悠宇跟我都會參加」。

馬上就顯示已讀，而且回了一個雙眼閃閃發亮的狗狗貼圖，並回覆「汪呼汪呼」……不知道榎本同學是不是用像平常那種看似心情很差的冷酷表情，打出這樣的訊息啊？

「悠宇，很期待呢。」

「是啊。」

大海啊。而且之前去海邊的時候，也沒有下海游泳。

現在剛好是黃金鬼百合跟濱木綿的季節。由於在這附近都看不到，也讓我很期待可以賞花……更重要的是日葵的泳裝。想必很可愛吧。畢竟是日葵嘛。

當我遙想著這些事情時，只見日葵急急忙忙地吃著筷子捲。

「悠宇，就快到放煙火的時間了，走吧！」

「真的假的！哇啊，得快點去搶個好位子！」

回過神來，就發現人潮都往堤防那邊走去。

手被日葵拉著，我也連忙站起身來。將塑膠盒丟到路上的垃圾桶之後，我們便朝著堤防那邊走去。

橋上已經有許多觀眾確保了各自觀賞的地點。我們也總算找到一個可以看得滿清楚的地方，把位子占了下來。

我與沖沖地準備設定手機的相機。

呃——先開啟夜景模式，然後確認聚焦……

「呼啊～超期待……」

「悠宇，你還滿喜歡煙火的吧？真不愧是花卉笨蛋。」

「妳覺得這樣有雙關喔？」（註：「煙火」在日文中是「花火」）

這確實連我自己都感到驚訝。要是沒有日葵從國中時就拉著我到處參加這類活動，大概連自己都不會知道吧……即使如此，還是比不過我喜歡日葵的程度就是了。

「哥哥之前說，今年也為了悠宇，爭取到一大筆煙火的預算呢～」

「也太公私不分了吧。這可是民眾募資來的耶……」

「噗哈哈。反正以結果來說大家也會看得很開心，就沒差了吧？確保主辦單位有動力舉辦，也是一件很重要的事喔。」

「總覺得好像被妳用花言巧語說服了一樣，但這樣講也沒錯啦……」

這時，遠遠傳來一陣太鼓的聲音。

那是在施放煙火的場所附近敲響的開始信號。

「哦，要開始……」

咻……四下響起像是氣球洩氣時的聲音。

我們的視線往河川的上空看去。

就在這個瞬間，夜空中綻放了一大朵煙火。

「砰——」一聲宛如大砲般的爆裂聲響起。

我們觀眾的雜音被吸收進去，一瞬間，無聲的寂靜降臨。

星塵般碎散的煙火一點一點落下火花……然後燒盡。啪滋啪滋啪滋的聲音，遲了一點才傳進耳裡。

伴隨「哦哦！」的歡呼，零星的掌聲也跟著響起。

接著在第二發煙火打上夜空時，另一邊的一群大學生便對著天空大喊：「玉屋（註：日本古時候的煙火店名）～」與此同時，第二發大朵的煙火綻放……「砰轟」的爆裂聲撼動著大地。

煙火真的很美。

就像要被夜空牽引進去似的，我無意間朝著身旁看去。煙火的亮光照耀下，日葵那張漂亮的臉蛋在夜晚中浮現出來。她一臉陶醉地發出「哇啊……」的讚嘆，沉迷地看著接連打上高空的煙火。

突然間，那雙藏青色的眼睛朝我看來。倒映了色彩繽紛的煙火，感覺就像綻放在大海上的花朵一般。

一大朵煙火打上天空。多到讓人覺得荒唐的亮光粒子，猶如噴泉般渲染了夜空。耀眼的光輝也照亮了在大地上仰望的觀眾。

（哇啊，好美……）

這是被稱作「Dragon」的煙火。

七彩的光帶接連舞上天際之後漸漸消失。這樣的規模看起來就像是真的龍在舞動一般，相當有魄力。

我不禁心想，感覺像是枝垂櫻一般。打上夜空時勾勒出漂亮的曲線，接著朝地面漸漸落下的光帶真的一模一樣。

（枝垂櫻啊……）

這麼說來，我在國二校慶時好像也想過同樣的事情……那是看到什麼所產生的感想啊？

……對了。是在第一次跟日葵相遇那時。那個時候這傢伙留著一頭長髮。既飄逸又美麗，我不禁覺得就像枝垂櫻一樣。

當我望著煙火看到入迷的時候，突然覺得臉頰有股溫熱的觸感。與此同時，我還聽見了手機一道「叮咚」的聲音。

轉頭一看，只見日葵伸手捧著自己的臉頰「噗噗噗」地抿嘴笑著。

「呃，怎麼了？」

「咦～？是怎麼了呢～？」

她這麼說，就將手機遞過來給我看。

「……唔！」

上頭清清楚楚地拍下了被日葵偷親臉頰時，我一臉傻愣的模樣。天啊，日葵親下去時的表情可愛得要命，但我的臉實在太蠢了，有夠丟臉……

我連忙伸手壓住自己的臉，對日葵責怪道：

「日葵，不要這樣突襲我好嗎……」

「誰教你看煙火看得那麼專注。害我覺得有點嫉妒嘛♪」

也太沒道理了……

在我用手替發熱的臉搧風時，日葵更是乘勝追擊。

「那麼，悠宇。這邊也要♪」

「啊？」

她伸出食指戳著自己的臉頰。

「既然我都親了，你也要回敬我一個臉頰親親吧？」

「咦……什麼跟什麼啊……？」

她像這樣做足準備的樣子，反而讓我覺得很害臊耶……

……為了做到讓日葵可以接受的地步，最重要的就是氣勢。在這幾個月來，我體認到了這一點。話雖如此，會覺得害羞的事情還是很害羞，於是我使出了小聰明的手段。

「啊，日葵！咲姊跟一個神祕帥哥走在一起！」

「咦！真的嗎？在哪在哪！」

日葵彈了起來似的轉過頭去。

她朝著我手指的方向不斷張望……我有時候會覺得，這傢伙難道其實是個笨蛋吧？

「有破綻。」

「咦？」

嘴唇就這麼貼上了毫無防備的日葵臉頰。

接著又慌慌張張地轉頭看向別的地方。砰轟！啪啦啪啦……這時也有煙火打上夜空。

「…………」

「…………」

沉默。

我們都陷入了沉默。

煙火大會漸入佳境，各式各樣的煙火一個個變化，讓人看得目不暇給。到了最具特色的百連發煙火的時候，周遭的觀眾更是發出更大的歡呼聲。

我眺望著撼動大地的煙火狂舞，不敢看向日葵的表情。

（啊～這招不行。糟糕，還是超害羞……）

我知道自己的臉越來越發燙。

是說「有破綻」是怎樣？又不是少女漫畫。不，在故事中看到這個舉動是沒差，然而主角換成自己就會很想死……

我裝作在看煙火，其實完全心不在焉。話說回來，日葵都沒有任何反應嗎？我有照著她的期望親臉頰了吧。現在卻用這種放置把戲，實在不太好耶。

……不，再怎麼說都是日葵。她八成知道我一定會覺得很害羞，所以應該跟平常一樣在旁邊竊笑吧？

她應該是在想「悠宇也很會嘛～但這樣的威力應該還不足以攻略身經百戰的我喔～」一臉紅通通的，接下來要怎麼『噗哈』他才好呢～？」之類的吧。真是的，個性真的很差勁耶。喜歡

上這種女人的是哪個傢伙啊……！

算了啦，投降，我投降了。

反正我也親到她的臉頰了，就結束這場沒意義的戰爭吧。

「日、日葵。是我不好。但在四周有這麼多人的地方還是……」

嗯嗯？我這時轉頭一看，才發現她感覺好像不太對勁。

日葵的臉一路紅到耳朵，感覺好像發燙到都要「噗咻——」地噴出熱氣的程度，一張嘴也開開闔闔的樣子。

（這傢伙總是一天到晚強調自己的戀愛經驗值有多高，但其實承受度並不高嗎？流了好多汗呢……）

這麼說來，她自從四月之後有時會表現得很奇怪吧？該不會一直以來在私底下都是這種感覺嗎？

察覺到這個事實的瞬間，同時湧上了難以言喻的一陣快感。

背部不禁發顫，我任憑本能抓住日葵的肩膀。她雖然因此抖了一下，但也沒有要逃開的意思，直直地回視著我。

「日、日葵……」

「悠宇……」

幾乎可以聽見怦咚怦咚怦咚的心跳聲。

天啊天啊。日葵原本有這麼可愛嗎？我知道她很可愛就是了。臉超紅的耶。不得了，她跟平常態度的反差真的太大了。從剛才開始只會說「大啊」或許才是最不得了的事而且話說回來我也不知道要怎麼做我的天啊……

正當我要在腦內舉行花卉大會議的時候，日葵感到不安地問：

「悠、悠宇，你不親嗎？」

「…………」

我聽見了理智線斷裂的聲音。

（豁出去了啦，看我的！）

我下定決心，朝著日葵的臉漸漸靠近……就在這時，一道莫名的帥氣聲線傳入耳中！

「嗨，悠宇！你有看到由我設計並特別訂購的煙火了嗎？」

「啊……！」

我朝聲音的方向看了過去，只見身前掛著主辦委員會背帶的雲雀哥跑了過來——但察覺到我們之間的氛圍之後，說著：「啊，糟糕……」表情也僵住了。

「砰轟」一聲，煙火打上天際。

夜空中有好幾個小小的粉紅色煙火大量炸裂開來。在那縫隙間，接著就綻開綠色的煙火。當

兩種色彩交疊的時候——我就看出來了。

這是杜鵑花。

一種也被稱作西洋杜鵑，而且惹人憐愛的小花。一口氣會綻放很多鮮豔的花朵，給人的印象就宛如幸福的花束一般。

杜鵑花的花語是「節制」、「禁酒」——以及「戀愛的喜悅」。

為了成就這一份戀情，珍惜彼此身體的花卉。

代表持續到永遠的健全之愛。

……天啊。雲雀哥，選這種意象太不得了了。

轉瞬間停下動作的嘴唇，朝著日葵的唇瓣貼了上去。她的身體也頓時緊繃了一下子之後，輕啄起我的嘴唇。

……在向日葵花田那時，我的腦中一片空白而沒有察覺，原來親吻感覺這麼柔軟啊。但說不定因為對方是世界第一可愛的日葵，才會有這種特別的感受。

雲雀哥有些尷尬地碎碎唸：

「這、這樣啊。要繼續是吧…………我什麼都沒看到喔。」

含糊不清地說了些話之後，他便離開了。

……內心滿是搞砸了什麼事情的感覺，但現在才顧不了這麼多。明天我應該會在床上因為這段黑歷史而苦惱，雲雀哥好像也會滿臉笑容地拿結婚申請書過來。不過，算了。反正只要跟日葵可愛的程度相比，這世上的一切都不過是瑣事而已。

無論是誰，都沒辦法破壞我們之間的關係。

那個時候的我，確實是自信滿滿地這麼想……

Ⅱ
「一塵不染」

星期日，到了要去海邊玩的當天。

早上九點時，我就在自己家門口等雲雀哥的車。說是要先去接榎本同學他們，可能還要多花一點時間吧。

我今天的行囊有自己的包包跟保冷箱。由於我要負責準備飲料，就從我家便利商店拿了好幾瓶寶礦力跟芬達等等。爸爸還拿啤酒之類的給我，但既然雲雀哥要開車，到底還有誰可以喝啊……

服裝則是跟平常一樣的帽T搭配七分工作褲。順帶一提，下半身已經穿好泳褲了。這只是追求合理性而已，並不是因為我從昨晚就興奮又雀躍到睡不著的關係喔……畢竟這是第一次跟日葵出遠門約會，這麼期待也是無可厚非。

（今天早上沒看到咲姊耶。本來想說順便問她要不要去……）

但她應該是大夜班提早下班，已經在睡覺了吧。而且我也不覺得那個姊姊會跟我們一起去海邊玩。

在我有些坐立難安地等待時，聽見了有車子開過來的聲音。

一輛黑色休旅車從另一頭開了過來。戴著太陽眼鏡的雲雀哥就坐在駕駛座上，筆直朝我華麗地舉起手。

休旅車在我面前停下。副駕駛座的車窗一打開，雲雀哥的臉就探了過來。

他今天穿著花襯衫。平常總是一身相當重視整潔的打扮，看到這麼有親切感的雲雀哥還真是新鮮。

「嗨，悠宇。謝謝你負責準備飲料。」

「不客氣，也要謝謝雲雀哥今天開車載我們。」

我朝著車內瞄了一眼。

只見真木島就坐在休旅車的後座……咦？就只有真木島一個人？

結果真木島馬上就敏銳地察覺到我的困惑。

「啊哈哈。不是你親愛的寶貝真是抱歉喔。」

「不，我不是這個意思……」

我就是這個意思。真的很抱歉。

然而重點在於不只日葵，榎本同學也不在車上。難不成今天只有一群男生要去海邊玩嗎？

「雲雀哥，日葵她們呢？」

「她們兩個先搭媽媽的車過去了。我們這邊要載的東西太多了嘛。」

啊，原來如此。是分兩輛車過去啊。

這麼說來，休旅車後方確實放了很多東西。像是海灘遮陽傘跟泳圈之類的，甚至連橡膠艇都有。

真不愧是犬塚家，享受假日時也是全副武裝。我將保冷箱放在後車箱的角落之後，也坐上了副駕駛座。

「東西好多喔。」

「一起玩的人比預期中還要多嘛。大概半小時左右就會到了，雖然日葵不在車上，你就忍耐一下吧。」

「不要連雲雀哥都跟著胡鬧好嗎……」

不過他說有很多人？

也是啦，我、日葵、榎本同學，再加上真木島、雲雀哥還有犬塚媽媽總共六個人。這麼一想，人確實很多。

「悠宇，吃早餐了嗎？」

「啊，我有帶我們家便利商店的麵包來。」

「那就不必買吃的，直接過去嘍。」

搭著休旅車，很快就行駛到收費道路了。

今天是萬里無雲的好天氣。遠方山巒的光景看起來跟夏日活動相當契合，感覺很耀眼。

真木島一邊哼著歌，一邊滑手機。雖然坐在別人車子的後座，他看起來卻很自在。

我望著倒映在車內後照鏡的他，一邊悄聲對身旁的雲雀哥問道：

「雲雀哥，你以前就跟真木島很要好嗎？」

「我很難判定對方是不是這樣想……」

雲雀哥苦笑著這麼回答。

「我跟他哥哥同樣是高中同學。從那時開始我就把他當弟弟一樣照顧……但他在青春期變壞了呢。這也是很常見的事。」

「真木島的哥哥是你同學啊？還真巧呢……」

這時一隻手從我背後伸了過來。

真木島用扇子遮住了我的嘴。然後「哼！」了一聲，不爽地說：

「小夏啊，別去追究那種無聊的事。」

「不是啊，這讓人很在意吧……」

「說穿了，這個人凡事都會隨著自己的意思解釋好嗎？我從來沒有把他當哥哥一樣仰慕，也沒有在青春期變壞。」

「既然你都這樣說了，那就是這樣吧……」

先不論前述那件事，後者感覺是真的。這兩個人的關係也跟紅葉學姊有些牽扯的樣子，還是不要多問好了。

雲雀哥感覺很逗趣地笑了。

「就快可以看到海嘍。」

車子駛進隧道之中。

開了一陣子走出隧道後，四周的景色為之一變。

眼前是一整面湛藍的水平線。

萬里無雲的大晴天。感覺海空都要融為一體的景色。

打開車窗之後，溫熱的風便吹拂進來。海潮的氣味越來越濃，在在讓我們知道離海越來越近了。

盂蘭盆節過後氣溫也涼爽了一點，今天可說是最適合去海邊玩的天氣了。

我看了一眼車內導航，好像再十分鐘左右就能抵達目的地的海灘。眼前的景色也越來越有夏日氣息，讓我的心情跟著昂揚起來。

♣ ♣ ♣

上午十點，我們抵達了市內海水浴場。

這裡是一片很適合闔家悠哉戲水的海邊。

這一帶還有露營場跟遼闊的野外運動公園，以及水族館等設施散布各處。就連網球場跟狗狗公園都有，是個用途多樣化的地方。無論要當天來回還是留宿過夜，都能玩得很開心。

停車場裡已經停了滿多車輛。雖然稍微過了來客數最尖峰的時期，看樣子這裡的生意還是很好。

休旅車在停車場的角落停好之後，我們便從後車廂拿東西出來。三個大男生分工搬運起所有東西。

我扛著保冷箱跟海灘遮陽傘走。

沿著鋪上水泥的步道前進一段路之後，地面就變成一片草地。沒過多久，眼前便是一整片純白的沙灘了。

放眼望去，可以看到一家大小或是情侶都在海邊玩得很開心。大家架起色彩繽紛的遮陽傘，度過各自的假日時光。

為了不讓沙子掉進涼鞋裡，我謹慎地走著，結果身後突然有沙子踢了過來。回頭一看，只見真木島一臉竊笑。

「喂，真木島，你幹嘛啦。」

「都來到海邊玩了，就算鞋子裡有沙子跑進去也沒差吧。不要像烏龜一樣慢吞吞的，走快點啊。」

咕唔唔。他這麼說也滿有道理的。日葵她們應該已經到了，而且也都在等著這把遮陽傘才是。我跟真木島一邊互相踢沙，唰唰地在沙灘上前進。

我看看，日葵她們是在……

「悠宇！」

這時傳來耳熟的聲音。

我轉頭一看，只見日葵從另一邊揮著手跑了過來。途中還差點被沙子絆倒，氣喘吁吁地跑到我們這邊。

「早啊！」

「喔，早啊。」

日葵燦爛地笑了。

她上身穿著運動風的高領比基尼，下半身則是泳褲裙。設計雖然簡單，但看就知道應該是使用了高檔的布料，實在很有日葵的風格。

整體來說，就是她穿起來超好看……

「啊，等一下。」

「咦？」

日葵別具深意地笑著咬住髮圈。

我還想不透要做什麼的時候，她就將頭髮在後方綁成一束短馬尾。接著像要將後頸露給我看似的在眼前彎下身，眼神更是魅惑地向上抬起。

「怎麼樣？」

……因為她這樣尋求我的感想，我便一臉正經地回答：

「世界第一可愛，真心不騙。日葵果真格外適合這種少女風格呢。是說剛才那樣收尾是什麼意思？是知道我拿後頸沒轍才這樣做嗎？真的是感激不盡，而且也讓我真心懊悔今天怎麼沒有拿ＩＧ拍攝用的新作飾品過來呢！」

「噗嘿嘿～♪很棒吧～？」

得意忘形的日葵更是撩起瀏海，擺出性感又可愛的姿勢。真的太可愛了，我的心跳速度瘋狂飆升。才剛到海邊而已，就快被我女朋友萌殺了。

這時在身後看著我們互動的真木島發出一聲「哼」，聳了聳肩。

「……竟然放閃到這種地步，害我也提不起勁鬧你們了。」

他這麼說完，就逕自向前走去。

日葵一邊對著他「呸——」地吐舌頭，一邊拉了拉我的衣袖。

「我們走吧。大家都在等你們來喔！」

「好啊……大家？」

大家？

啊，是指榎本同學跟日葵的媽媽啊。讓她們久等確實很抱歉。

（……榎本同學啊。）

不，我們之間並沒有發生任何嫌隙，我只是覺得有些緊張而已。這也是理所當然吧。她都對我告白過那麼多次了。既然我跟日葵交往了，要用怎樣的態度面對她才好？

可以的話，我希望可以跟她當好朋友，但這應該是我傲慢的想法吧。我的戀愛經驗值實在太低，完全不知道遇到這種情況該如何是好……

就在我想著這些事情時，就被日葵拉著跟她們會合了。眼前鋪著色彩繽紛的海灘墊，我卻因為在那上頭的人物而僵在原地。

「……啊？」

有兩個年長美女。

具體來說，就是紅葉學姊跟咲姊。她們感情很好地並肩躺在一起，在燦爛耀眼的陽光底下做日光浴。

「為、為什麼這兩個人會……」

日葵愣了愣。

「咦？悠宇，你沒聽說嗎？」

「我沒聽說耶……」

紅葉學姊戴著一頂帽緣很寬的帽子，穿著白色綁帶連身裙式泳裝。胸口的乳溝相當不得了，柳腰的腰部曲線也很完美。這是只有天選之人才有辦法穿的款式……

散發出壓倒性藝人氣場的紅葉學姊也注意到我們來了。她將墨鏡夾在胸前，開朗地說著：

「啊，悠悠～♪」並朝我揮手。整個人的氛圍溫柔到讓人懷疑上次那樣發飆究竟是怎麼回事。

「呃，妳為什麼會來這裡呢？紅葉學姊，妳不是要工作嗎……？」

「嗯～？天曉得～？」

不，這只是想用「呵呵呵」敷衍過去吧？但要是深究下去，結果招惹到不必要的麻煩，也很傷腦筋，我不會真的說出口就是了。

結果雲雀哥一邊幫橡皮艇充氣，一邊對她碎唸道：

「紅葉，妳面對工作的態度真隨便啊。我覺得應該要再真摯一點比較好。」

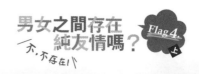

不，雲雀哥，你沒資格這樣說吧？

從前陣子開始，一發生什麼事情你就會把工作推給部下，我全都看在眼裡喔？

「紅葉學姊，說穿了，妳身為模特兒卻曬黑，沒問題嗎？」

「沒問題啦～最近正好有明年夏季新品的攝影工作呀～既然如此，我想說乾脆曬得自然一點嘍～♪」

「啊？明年？一整年後的工作嗎？」

「對啊～我的工作直到兩年後都排滿了，所以才會提前拍攝～♪」

哇啊，好厲害。

……雖然很厲害，但也讓我忍不住想，為什麼會跑來這種地方偷閒啊？這就是贏得真正自由的人嗎？一想到她暗自哭泣的經紀人有多辛苦，就讓我悲從中來。

「比起這些事情，請你趕緊架好遮陽傘吧～♪」

「啊，好的！」

我連忙架起遮陽傘，看向在她身旁的年長美女。

咲姊一身花卉圖樣的比基尼，還在腰間綁上紗籠的打扮。看那圖樣……應該是百日菊吧。她這個選擇還滿可愛的，讓我覺得很新鮮。察覺到我的視線，她就從墨鏡底下朝我瞪了過來。

「不要用帶有性慾的眼光看自己的親姊姊。」

「我才沒有！」

咲姊說著：「我當然是跟你開玩笑的。」並打了一個大呵欠。就算是剛值完大夜班，睡意來到巔峰的時候，也請不要跟親弟弟說那種玩笑話好嗎？

「話說，原來咲姊也來啦？」

「聽你這個說法，好像我不能來一樣耶。」

「不，我不是這個意思。只是覺得妳對這類活動沒什麼興趣啊。」

「因為這傢伙哭著來求我啊。」

身旁的紅葉學姊聞言不禁抖了一下。

她連忙搖晃著咲姊的肩膀，在她耳邊含糊不清地爭論道：

「等等～咲良～妳不要破壞我的形象啦～」

「我說的是真的啊。被妹妹玩弄於股掌中，然後再跑來跟我說『嗚哇～來幫幫我嘛～』的人是誰啊？虧妳還裝出一副壞女人的樣子，但在凜音面前就顏面盡失了呢。」

「噗～妳自己最後還不是原諒了悠悠～留住日葵的時候，妳還氣噗噗地說再也不讓他踏入家門，要把他趕出去什麼的～」

「…………※」

哇啊！咲姊怎麼突然間就暴跳如雷啦！

「咲姊！遮陽傘會倒啦，妳不要再鬧了！」

「閉嘴啦。蠢弟弟還不趕快去接凜音過來。」

一邊跟紅葉學姊扭打在一起，她還很靈活地踹了踹我的屁股。

雖然搞不清楚狀況，但這個人一旦變成這樣就聽不進別人說話了。我連忙固定好遮陽傘，如此一來我也完成了自己的職責。

這時，我總算發現少了一個人。

「話說，榎本同學人呢？」

日葵指向露營場那邊。

「榎榎去橋的另一邊了喔。」

橋的另一邊？

這處海水浴場連接從山上流下來的河川。為了跨越那條河，架起了一道大型石橋。

石橋的另一邊就是有著露營場跟水族館等設施的區域。日葵一邊望著那裡說：

「因為那邊有自助烤肉區啊～中午好像要在那裡煮咖哩，所以榎榎就跟著我媽媽過去預約了。」

「啊，原來如此。」

東西都設置好的真木島，輕拍了我的肩膀。

「很好，小夏啊。我也有事要去橋的另一邊。我們一起走吧。」

「咦，為什麼？你不下海游泳嗎？」

「那邊有個網球場。等一下我預計要跟那個完美超人打個你死我活。所以想在玩之前先去現場勘察一下。」

「喔，原來……」

咦？他剛才應該是指網球比賽吧？

總覺得聽他這樣講起來，意思有點微妙地不太一樣……不過算了。反正這跟我也沒關係……

「順帶一提，要是我贏了，就能得到要小夏聽從小凜任何要求的權利。」

「竟然跟我超有關係！」

要先取得我這個獎勵的同意才對吧！

我看向雲雀哥，只見他閃現潔白的牙齒並豎起大拇指。他的琺瑯質今天也是狀況絕佳。

「悠宇，放心吧。我不會輸的。」

「真、真的沒問題嗎？別看真木島這樣，他的實力是全國等級耶……」

「呵呵。我也有稍微碰過網球。高中時當過練習比賽的代打，大概是能贏過那年全國優勝雙人組的程度啦。」

真的假的……

我以為雲雀哥只會打橄欖球，沒想到他真的什麼都會耶。雖然對真木島有點不好意思，但這下子我也能夠安心了……

「順帶一提，要是我贏了，就能得到悠宇一整天都隨我處置的權利喔♪」

「完全無法安心耶！」

真木島快活地笑了笑。

「總之就是這樣。小夏就順便去接小凜過來吧。」

「……這倒是沒關係啦，但獎勵那件事我可還沒答應喔。」

姑且這樣叮囑了，但總覺得沒什麼效果。

我轉過頭，朝著日葵問道：

「日葵也要去嗎？」

「當然啊～要是把我忘了可就很傷腦……筋？」

正要往我們這邊跑過來的日葵，突然間停下腳步。

回頭一看，只見紅葉學姊跟咲姊正抓住了日葵的腳。日葵的臉上勾起生硬的客套笑容。

「哎、哎呀呀～？紅葉姊、咲良姊，這是怎麼回事呢……？」

不知為何，紅葉學姊她們雙頰泛紅，一副心情非常好的樣子對她招手。

「呵呵呵～日葵要過來這邊～♡」

「沒錯。美少女快來倒酒吧。」

啊！

她們直到剛才還在吵架，不知何時竟然已經拿起啤酒開喝了！一大早就在海邊喝酒，這兩個奔三女真的很不像樣耶！

「悠、悠宇！救救我啊！」

「呃～要面對喝了酒的咲姊有點……」

這個人平常不太喝酒的，但要是碰了酒就會麻煩得要命。她會陷入讓人有點猶豫要不要搭理她的狀態，可以的話我不想跟她扯上關係。

在我心中，心靈的擺錘喀嚓喀嚓地響起。

接著咚——地敲響下定決心的鐘聲。

我想聽從可愛女朋友的願望。但另一方面來說，我真的會想承受妨礙咲姊所得到的報復嗎？（反話）

「好啦，日葵。我會盡快回來的。」

「你這個叛徒————！」

聽著背後傳來日葵的哀號，我們朝向石橋走去。

♣ ♣ ♣

到了附近一看，才察覺這座石橋滿大的。

就算三人並排著走感覺都還算寬敞，石橋也打造得很堅固。不過這本來就是設計讓一家大小來往的就是了。

「……嗯？」

橋梁欄杆上好像掛著什麼東西。

是鐵製的鎖頭。感覺是百圓商店賣的那種。而且還掛了一大堆。仔細一看，上頭都用油性筆寫著一男一女的名字。

「這是什麼啊？」

「喔，很常見的東西啊。是在氣氛浪漫之處，立下永恆愛情誓約的一種情趣啦。在夏季海邊之類的地方，常常會有人趁勢就做了這種蠢事。」

真木島語帶嘲諷地冷笑了一聲。

「話雖如此，任誰都不知道人心會怎麼改變。留下這種黑歷史，但願往後不要哭喪著臉才好。」

「你的語氣聽起來感受是不是特別深啊？」

真木島收起扇子，指向欄杆一隅。

我彎下身，伸手拿起掛在眼前的鎖頭。

「慎司×由莉」。

那是真木島的名字。我對這個筆跡也有印象。

「你……」

「啊哈哈。高一的時候我有段時間在跟一個大學生交往。她是個有點愛作夢，很喜歡這種事情的人。順帶一提，我不到一週就弄丟鑰匙了。」

好可怕……！

好可怕的陷阱啊……！

這麼一想，眼前看到的這些鎖頭與其說是愛的結晶，感覺更像是怨念的聚合體了。我甚至產生空氣都變得沉重的錯覺。一直待在這裡好像會被詛咒。

「順帶一提，在這當中還有兩個。都是分別跟不同女生寫下的。」

「真虧你有辦法來這種地方好幾次耶……」

「反正我的名字很常見，而且要是不著重於當下的氣氛，對方馬上就會鬧起脾氣，說是不是不喜歡了之類的。我只是評估了風險跟報酬而已。」

當我害怕得渾身顫抖起來時，真木島說著「哦！」就從欄杆上探出身子。

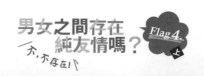

「在那邊的就是小凜吧？」

「咦……」

我也朝著石橋底下看去。

橫跨流入大海的淺灘之後，有個女生正蹲在林木的草堆邊。雖然只能看到她的背影，但從那很有特色、帶著紅色的黑髮看來，確實是她沒錯。

真木島拍了一下扇子。

「唔嗯。那我們就在這邊分頭行動吧。等一下要打沙灘排球，你跟小凜回去之後就先做準備。」

「咦，你不跟我一起去喔？」

「白痴。我要是跟去了，只會被罵礙事吧。」

不知道他是不是察覺出我的想法，接著就揚起竊笑。他張開扇子，輕輕拍打了我兩側的臉頰。

「就算不是戀愛對象，你們還是朋友，相處起來應該沒問題吧。但如果你眼中只有小凜的胸部，那就是另一回事了。」

「怎麼可能啊……」

真木島快活地笑著，便自己一個人走遠了。

……也是呢。總是一直逃避的話，什麼也不會開始。我只能做好覺悟了。

♣ ♣ ♣

折返回石橋後，我走下海邊。

朝著榎本同學那裡走去，並一步步橫越淺灘。現在這個時間氣溫還沒上升到最高點，水踩起來涼涼的很舒服。

榎本同學弓著背，好像正拿著手機認真地拍著某種東西的樣子。我帶著緊張感，對她的背影搭話道：

「榎本同學。」

榎本同學轉過頭來。

跟平常一樣一臉不爽的冷酷表情，但一看到我馬上就嫣然一笑。

（唔咕……）

她這種表情上的變化，直接命中我的心一次。

伴隨這個衝擊，生命值大概失去了一半左右。海邊濾鏡更是增加了三成威力……她可愛的程度還是一樣犯規。

「小悠，早安。」

「早、早安。」

在學校以外的地方也是先打招呼，感覺超新鮮。

榎本同學穿著一件薄帽T。民族風的短褲從衣襬下方露了出來，看樣子她好像還沒換上泳裝。有點可惜……不不不，我在說什麼啊。剛剛才帥氣地跟真木島否認「怎麼可能」而已耶。

「妳在這裡做什麼？我聽說妳跟日葵的媽媽一起去預約自助烤肉區……」

「嗯。預約好了之後，阿姨說要去水族館，我就自己回去……啊，小悠，你看這個。」

一看到在淺灘上站起身來的榎本同學，我不禁愣了一下。

帽T底下……是一件黑色比基尼。

「…………」

咕哇啊……！

我真的以為自己要咳血了。突擊也該有個限度吧。我連忙挽留準備要踏上旅程的理性。

冷靜點啊。剛剛才帥氣地跟真木島否認「怎麼可能」而已吧！

「小悠？」

「啊，不，那個……該說是感覺很放得開嗎？就是跟平常的反差很大……啊，但榎本同學本來就很漂亮，這種比較大膽的款式穿起來也很好看。如果要配上花的話，我想想……薔薇應該滿

不錯的吧。」

我盡可能動員自己的語彙能力做出感想。

咦?榎本同學好像一臉覺得莫名其妙的樣子。化作言語應該是「這傢伙在說什麼鬼話啊?」的感覺。

……難道她要我看的,並非泳裝?

榎本同學敏銳地察覺到我的視線,趕緊將帽T前方拉起來遮住。

「我不是叫你看這個……」

「咦?啊,對不起……」

這個誤會也太丟臉了吧。

但這也沒辦法啊。這個女生在換季的時候,就特地跑來給我看她穿夏季制服的樣子嘛。難道覺得該察言觀色也是一種罪過嗎?(反話)

然而榎本同學不曉得我這樣的辯解,只見她露出有些生氣的表情,直直豎起食指。

「小悠,你都在跟小葵交往了,還對其他女生說這種甜言蜜語,我覺得不太好。」

「是。妳說得對……」

我深感抱歉地……對她低下頭。

榎本同學像在表達「知道就好」的感覺,嚴肅地環抱起雙手。但這個動作反而抬高了她的大

胸部，看起來變得很不得了……她難道毫無自覺嗎？真的毫無自覺？應該不是在試探我吧？

「所以說，下次你只能對我這麼做。小悠，聽到了嗎？」

「好的。我知道……了？」

結論變成這樣是不是有點怪？

看來我的注意力被榎本同學那感覺沉甸甸的胸部拉走，一個不小心就沒聽清楚的樣子。

「剛才那個說法好像把榎本同學當成例外的樣子？」

「我就是這個意思啊。」

哼哼～看來那並不是我丟人的妄想啊。

話說，為什麼榎本同學會感到費解地反問啊？她又若無其事地說出很不得了的話耶……

「榎本同學？我覺得那樣也不太好就是了……」

「不過，我們是『摯友』對吧？」

「是、是沒錯啦……」

嗯嗯～？話題是不是偏掉了啊？

不行，感覺現在不能被她辯贏。具體來說，我只覺得這可能又會演變成日葵陷入歇斯底里的事態。

（雖然對不起榎本同學，但我必須狠下心來……！）

當我像這樣下定決心的瞬間——

榎本同學忸忸怩怩地玩著帽T的抽繩，向上抬起了視線。

「而且我很努力了，也想要獎勵。」

我殘餘的生命值全被轟飛。

如果日葵是魔性，那這傢伙是天生的核彈頭嗎！我拚命忍著不讓動搖的心思表現在臉上，這時榎本同學拉了拉我帽T的衣襬。

「在把小葵留下來的時候，我很努力了對吧？」

「唔、嗯。關於這件事，我真的感激不盡。」

榎本同學心滿意足地點了點頭。

「那對小悠來說，只有我是『特別』的，對吧？」

「…………」

這個女生也太厲害了。

日葵雖然也很會耍嘴皮子，但她是小聰明的那種類型。

但榎本同學的主張就是單刀直入地強硬。看起來像在尋求我的同意，但其實只是在如此宣言而已。真不愧是紅葉學姊的妹妹……

「……榎本同學，妳該不會打從一開始，就是以這個為目的吧？」

榎本同學先是面無表情地保持沉默一段時間之後……

接著就紅了雙頰，露出如花般惹人憐愛的笑容。

「欸嘿。」

可惡，好可愛啊！

看到這樣的笑容，當然會讓人覺得「算了」吧。

「總之就是這樣，小悠，你再說一次我穿這身泳裝很好看。」

「哎呀，沒想到要來這招羞恥玩法……」

別這樣。拜託不要用「快給我說」的感覺搖晃我。反作用力會造成波濤洶湧的。我就不明說了，但看了實在有點讓人受不了。

「那個，就是……非常好看。真的很可愛。」

真的太令人害臊了，讓我完全無法直視榎本同學的臉……

榎本同學拉著帽T的衣襬微微遮住表情，然後羞赧地笑了起來。

「這也是一如我的計畫……沒有啦。」

混帳，也太可愛了吧！

這種羞恥玩法確實對心臟很不好，但既然榎本同學會因此感到開心，那也好啦……正當我這麼想的時候，榎本同學就連忙把帽T的拉鍊拉了起來。

「咦？怎麼了？」

「既然都得到小悠的稱讚，接下來就可以封印起來了。」

啊，原來是這樣……

真不愧是習慣於應付這樣的視線呢……

「榎本同學，話說回來，妳剛才在看什麼呢？」

「啊，對了。你看這個！」

在榎本同學的帶領下，我朝著林木的方向看去。

眼前開著一種優雅的白花。六片白色的細長花被，各自朝著外側彎曲而盛開。在這種花的花莖前端，綻放著許許多多散開來的花朵。

「啊，這是……」

「等一下。」

她的掌心直直伸了過來制止我。

我還搞不清楚她的意圖時，榎本同學就一臉得意地說：

「我來猜看看。」

「咦，真的假的？我覺得這還滿難的耶……」

今天的榎本同學感覺好有活動力啊。這就是夏日海灘的魔力嗎……

在我催促她說出答案，榎本同學便自信滿滿地答道：

「這是濱木綿。算是彼岸花的同伴，在溫暖海域附近可以看到的濱海植物。濱木綿這名稱的來源，是因為看起來很像神社在舉辦儀式時會使用的一種名為木綿的白布。由於是濱海的木綿，所以就叫濱木綿對吧？」

這麼說完，她臉上充滿期待地看著我。

我拍手說著：「喔喔——！」

「好厲害啊！答對了！」

「好耶。」

她這麼說著，並握緊拳頭。超可愛的。避免到時候又要被她逼著說好幾次，所以我絕對不會說出口就是了。

「真虧妳知道耶。而且沒想到妳連名稱的由來都這麼清楚。這是只有在海邊才能看到的花，所以通常應該不太熟悉才是。」

「因為我有預習。我想說小悠的話，應該會去找海邊的花吧。」

「天啊。完全被妳說中了，我無言以對。」

沒想到被她看穿到這種程度。

我內心產生了難以言喻的微妙心情時，榎本同學突然說：

「小悠還是跟平常一樣，真是太好了。」

「咦？這是什麼意思？」

榎本同學像是陷入沉思一般，用手指輕撫著濱木綿的花被。

「我本來在想，要是因為跟小葵交往，而讓小悠變得跟平常不一樣該如何是好。以前小悠才不會劈頭就稱讚我的泳裝嘛。所以當我答對是濱木綿時，小悠看起來還是很開心的樣子，真是太好了。」

這麼說著，她淺淺一笑。

「我也會跟著一起追逐小悠的夢想。」

「…………」

聽她這麼說，我不禁愣在原地。

結果榎本同學害羞似的轉過頭去。她牽起我的手，將我朝日葵他們所在的地方拉了過去。

「小悠，走吧。」

「啊，嗯……」

我將「那句話」留藏於內心，回頭看了白花一眼。

濱木綿的花語是——「一塵不染」。

將一己之技奉獻給神的時候，靜靜地伴隨著人們的純白花卉。

既美麗，又率直，具備足以貫徹這番溫柔的強悍存在。

「榎本同學，在真木島回來之前要做什麼呢？機會難得，要不要下海游……」

「不要。」

「咦，竟然秒答……」

「那樣就得脫掉帽T了啊。」

「啊，是這樣啊……」

一邊聊著這些無傷大雅的話題，我在腦海一隅想著——

（……榎本同學就像濱木綿一樣呢。）

我們牽在一起的手是這麼溫熱。

然而這一句話，我卻無論如何都說不出口。

♣ ♣ ♣

完成各自的準備工作之後，我們再次回到沙灘集合。

我們幾個男生也換成泳裝，像真木島先前說的，要來一起打一場沙灘排球，然而……

「不過，沙灘排球要怎麼打啊？」

「對耶，我也不太清楚規則是怎樣。跟一般的排球一樣嗎？」

榎本同學直直舉起手來。

她很快就拿起手機Google，替我們查了規則。真是可靠啊。

「嗯——基本上規則都一樣，不過勝利的得分數還有球網高度之類的有微妙差異就是了。小慎，怎麼辦呢？」

真木島豎起三根手指。

「規則一，對戰人數是二比二。

規則二，要在碰球三次以內將球回擊給對方。

規則三，總之看哪一方先取得二十一分就贏了。反正只是外行人玩玩而已，不用那麼嚴謹也沒差吧？說穿了，也沒有架設球網。」

「好啊。不過最重要的是該怎麼分隊伍？」

「想上場的時候就跟同樣想打球的人組成一隊就好了吧。評審也是隨便交由其他沒上場的人就好。」

「ＯＫ。那我就在旁邊觀賽……」

正當我想回到遮陽傘那邊時，兩邊的肩膀就突然被猛力地抓住。

回頭一看，真木島跟雲雀哥都揚起燦爛的笑容。實在是太閃亮了，反而讓我覺得很可怕……

「啊哈哈。小夏啊，這玩笑話真是讓人笑不出來耶。」

「哈、哈、哈。悠宇，你當然會跟我這個哥哥一組吧？」

咿！

這兩個人為什麼會想率先把我拉進隊伍裡啊？外向的人打沙灘排球，不都應該是男女一組，開開心心地玩才有趣嗎？

「不，我也想玩啦，但這麼突然就上場打球……」

「喂，完美超人。你幹嘛若無其事地強調哥哥的立場啊？這傢伙有說要跟小凜在一起吧？」

「哈、哈、哈。慎司，你那雙眼睛是瞎了嗎？悠宇！現在可是！我親妹妹日葵的Wife喔！你也該承認這項事實了吧。」

「啊哈哈。那只是現在而已吧？十年……不，五年後是不是還能同樣占優勢，真教人拭目以待耶。」

「呵呵。慎司啊，我看你也真拚命呢。世人都說越沒自信的叫得越大聲，你這真是可愛的威嚇。」

不是，聽我說話啊。

為什麼這兩個人要把我丟在一旁擅自針鋒相對啊？我之前就在想了，他們其實感情超好的吧？而且剛才自然而然就被忽視了，但Wife指的是妻子好嗎！

「那猜拳決定好了……」

在公平公正的猜拳下，決定好我跟雲雀哥一隊，與真木島及榎本同學這組對賽。我們在沙灘上畫出球場，並分成兩方。

「榎本同學，沒想到妳還滿喜歡運動的呢。」

「嗯。我很期待跟小悠打排球。」

請手下留情……正當我要這麼說的時候，榎本同學悄聲地補上一句：

「……而且贏了就能跟小悠約會一天。」

「等等！妳剛才說了什麼？榎本同學！喂，還有真木島也是！」

兩人都一臉事不關己地在場上做好準備。

我看向雲雀哥，他便揚起最燦爛的笑容拍了拍我的肩膀。

「哈、哈、哈。就是要伴隨著風險，一決勝負才夠熱血嘛。」

「竟然這樣擅自答應……話說，要是我們贏了呢？」

「那就是我能跟小悠約會一天嘍♪」

「不論輸贏都是地獄……」

而且日葵知道這件事嗎？

感覺到時候被罵的人是我耶……

「喂，真木島，要由誰來當評審啊？」

「那邊有很多個吧。」

我朝著他手指的方向看去，只見她們幾個女生在遮陽傘底下喝著果汁或酒。

日葵說著：「悠宇，你親愛的女朋友在看著喔～♡」並對我揮揮手。然而她的屁股被喝醉睡著的咲姊當成枕頭躺……

「喔～日葵，妳也看好嘍……」

我跟著莞爾一笑，對她做出回應。

就在這個瞬間，我發現榎本同學在球場的另一邊對我投來直直地猛瞪著的視線。

「……………沒事。」

那股壓迫感實在太強烈，讓我不禁做出像是反抗期國中生一般的反應。我看到真木島用扇子遮住嘴邊並笑到抖起肩膀的樣子，這才輕咳了一聲。

開場是由榎本同學發球。

她感覺格外認真，打出了低手發球。與此同時，就連拉上帽T拉鍊都無法完全掩飾的胸部也跟著搖晃。太猛了。這就是外向的人來到沙灘的娛樂……

緩緩被打上半空的球，飛過沒有風吹拂的空中，進到我們這邊的球場。這時雲雀哥用華麗的姿勢接下了球。排球在他絕妙的控制之下，就像被我吸過來似的舞動著。

我真的只有在體育課才有打過排球。我小心謹慎地伸手托球。隨後球就被打到比我預想中更高的地方。

我鬆了一口氣。接下來只要交給雲雀哥反擊回去就好。

就在球緩緩滯空，剛好來到與太陽重疊的位置那瞬間——

——一隻大鷹展翅飛舞。

轉瞬間，我產生了這樣的幻覺。

雲雀哥在空中擺出扣球的姿勢。肌肉變得像是長鞭一般，跟著躍動起來。雖然搞不太清楚，總之他全身的肌肉簡直就像其他生物一樣跳動。

這姿勢實在太過完美。

然而相對於他這樣就連男人都會不禁看到入迷的美麗身影……我有種不祥的預感。就在這麼想的瞬間，雲雀哥的表情猶如惡鬼般扭曲。

──咚轟！

炸出了簡直就像大砲似的巨響。

在真木島腳邊不斷快速旋轉的球，將沙子都四散到周遭，並漸漸埋進沙灘當中。直到動作總算停下來的時候，半顆球已經埋在沙子裡，還冒出了莫名的白煙……這股燒焦味應該只是我的錯覺吧？

雲雀哥轉頭朝我看來，露出就像牙膏廣告般爽朗的笑容，並豎起大拇指。當然，他一口潔白的牙齒也閃現了光輝。

「你有看到哥哥的勇猛身影嗎？」

「絕對做得太過頭了吧！你是要殺了真木島嗎？」

雲雀哥向上撩頭髮，爽朗地笑著說：

「怎麼會呢，我才沒有那個意思。只不過……」

話說到一半，他朝真木島瞥了一眼。

雲雀哥的臉上──勾起了一抹惡魔般的冷笑。

「如果這樣就退縮，那代表以超越我為人生目標的覺悟，只是扮家家酒的程度而已吧？」

「──什麼？」

真木島的臉上明顯爆出充滿怒火的青筋。

他抓起腳邊的沙灘排球，朝我扔了過來。

「小夏！換你們那邊發球了！」

「呃，喔。好啦……」

雲雀哥的照顧有夠可怕……該不會這就是平常只會在日葵面前表現出來的，黑暗雲雀哥的冰山一角吧……

在那之後就陷入慘劇之中。啪砰！啪砰！這種恐怕跟沙灘排球扯不上邊的打擊聲響徹海邊。

「你們兩個！拜託不要再瞄準彼此的臉攻擊了好嗎！」

真木島跟雲雀哥紛紛流露出惡鬼般的笑容。

「小夏，別阻止我們！這是在比賽看誰先斷氣！」

「呵呵。好久沒有如此熱血沸騰了！上一次對賽時這樣賭上性命，已經是大學橄欖球隊到花園球場參賽那時了呢！」（註：花園橄欖球場是常用來舉辦各級全國大賽的知名場地）

沙灘排球並不是那種規則啊！

我跟榎本同學默默跟他們拉開了距離。比賽已經是他們扣球與接球的一決勝負。我們儼然變成只負責托球的機器而已。

搞不好有人會因為我托高的球而喪命……為什麼跟自己人打沙灘排球，卻得嚐到這種悲壯的

心情才行啊。

（話說，這拉力賽也持續太久了吧……）

基本上都是雲雀哥占優勢，但緊追不捨的真木島也很厲害。與其說他的技術很強，應該說他執著的程度也太不得了。換作是我絕對撐不過三分鐘。

持續超過三十分鐘的比賽，讓日葵她們那些觀眾也覺得厭煩了。到底是要怎樣才能結束啊……

「嗯嗯？」

遮陽傘那邊好像很熱鬧。

想著怎麼好像聚集了很多人，才發現有幾個不認識的男生跑過來跟女生們攀談。我們這裡的比賽打得太過白熱化，好像因此被誤以為不是一起來玩的同伴。

他們應該是大學生吧？看起來超開心地跑來邀約她們去玩。畢竟那邊的顏值高到莫名其妙嘛……

日葵語氣冷淡地說著：「我有男朋友了喔～」……總覺得女朋友太過熟知該如何面對他人搭訕的情況而不會求助於我，反而讓青春期的心境感到有些寂寞。

咲姊還在睡。在她們當中就只有紅葉學姊面帶笑容跟他們聊天。她感覺就是最厲害的人物，而且讓那群搭訕男覺得好像有機會似的，拚命踩滿衝勁的油門炒熱氣氛。

但是，總覺得有點奇怪。

如果紅葉學姊真有那個意思，應該早就跟著他們走了吧……啊，她好像朝這邊看了一眼。

「嗯～？你們要帶我去哪裡玩啊～？」

「我們租了一間海邊小屋，裡面有很多好玩的喔！」

「咦～？說是這麼說，但你們只是想做些色色的事而已吧～？」

「不不不！我們才不會那樣呢～！」

搭訕現場接連進行著感覺在什麼地方也有聽過的對話。

回過神來，我才發現自己也心跳加速地觀望整個狀況……嗯？這麼說來，從剛才開始好像就沒有將接下的球打過來了耶。而且宛如爆裂彈一般的扣球大戰好像也戛然而止了……啊！

紅葉學姊臉上帶著那抹跟人偶一樣的冰冷微笑，並啪地拍響了雙手。那些搭訕男的目光緊緊盯住隨著這個動作而晃動的胸部。

……卻也因此讓他們沒有察覺從背後逼近的災難。

「既然你們都這麼說了，我就去看一下好了～？」

「好耶！那我們走…………吧？」

直到肩膀被人緊緊抓住，那群搭訕男才總算發現異樣。

日葵拿著自己的東西，默默退到遮陽傘底下避難。與此同時，那群搭訕男一回過頭…………

就碰上兩個笑容滿面的帥哥。

「不，要去玩的是我們。我對於你們口中那些好玩的東西超感興趣♪」

「啊哈哈。在這種以家庭為主要客群的海灘搭訕，也太難看了吧。你們就是這樣不識相，才會不受歡迎啊。」

他們的眼睛都沒有笑意……

這兩個帥哥散發出莫名的瘴氣，讓那群搭訕男鬥志全失。他們就這樣被拖著帶走了……

俗話說漂亮的玫瑰都帶刺……但真要說起來，我覺得比較像是豬籠草。連我都不想靠近那把遮陽傘了。

「呵呵呵～雲雀跟慎司都好可愛～♡」

「紅葉學姊，妳剛才是故意的嗎？」

「嗯～？天曉得～？」

嘴上這麼裝傻，但她的表情看起來就像是認為「那兩個人絕對會來幫我嘛～」，一副自信滿滿的樣子。

但多虧如此，那場死亡沙灘排球也總算結束……啊，這該不會也是她的目的吧？這個人果然是最狠的耶。魔王之名其來有自。

正當我在跟她說著這些話時，一顆沙灘排球就從另一邊飛過來，直接打中我的頭。

回頭一看，只見日葵跟榎本同學都在對我揮手。

「悠宇～既然哥哥他們沒有要回來的樣子，我們就來打第二場吧～」

「真的假的。我已經很累了耶……」

「咲良姊還在睡啊。你這個做弟弟的要負起責任吧～」

「……唉。真拿妳們沒轍。」

我撿起球，便朝著她們走去。

♣ ♣ ♣

中午過後。

午餐時享用過日葵媽媽準備的咖哩，我們休息了一下。接下來就一直忙於準備工作。

總算要迎來今天最主要的活動了。

我們幾個高中生排排站在雲雀哥面前聽他說明。

「那我接下來就要教大家怎麼玩ＳＵＰ。」

我們齊聲回應：「好——」

ＳＵＰ立槳衝浪。

也就是Stand Up Paddle Surfing的簡稱。

這是最近幾年很受歡迎的海上運動之一。是利用比較大型的衝浪板在海上遊玩的活動。跟一般衝浪不同的地方在於這並不是要乘在浪上，而是享受一趟海上之旅的樂趣。我也是第一次玩所以搞不太清楚，不過雲雀哥似乎說：「真要比起來還比較接近划艇。」讓我更摸不著頭緒了。

雲雀哥拿了一把細長的槳給我。明明是衝浪卻要用到槳？

「這是划槳。在海面站上衝浪板之後，就用這個划過海水前進。」

「啊，原來如此。所以才會比較像是划艇啊。」

我們租借了充氣式的衝浪板。才想說怎麼這麼大，原來這好像是給兩個人搭的。

「那雲雀哥會跟我們一起玩嗎？」

「不，我還有其他事情。」

其他事情？

我這麼想著並仔細一看，真木島就在海邊豎起了小小的旗子。好像是想拿來當沙灘旗的樣子。他的雙眼之中燃燒著熊熊烈火，甚至會讓人遲疑是否要靠近他。

在我們吃完午餐休息的時候，他好像在網球決賽上慘敗了……在自己擅長的領域見識到彼此的實力差距，不但沒讓他委靡，反而還更拿出了幹勁的樣子。看來真木島的個性其實滿熱血的耶。見識到他新的一面了。

「……雲雀哥，請你加油。」

「哈、哈、哈。我還不至於會輸給年輕人啦。」

接著，他就教會我們一些簡單的玩法。

練習過一輪之後，我們穿上了救身衣，做足準備。

「那麼日葵，我們一起……」

這時，榎本同學在我眼前舉起了手。她的雙眼閃閃發亮，怎麼看都像是在等待叫她名字的感覺。真可愛。

「小悠，我想跟你玩。」

「啊，榎榎！應該是我先吧！」

兩個女生之間迸出炙熱的火花。

「小葵，不然我們來猜拳。」

「……沒問題。」

兩個女高中生要猜拳啊。

不，是沒差啦。反正就算那樣繼續說下去，感覺也得不出結論。

兩人默默地伸出了慣用手。緩緩地上下甩動幾下之後，一同說著口號出拳。

「「剪刀、石頭、布！」」

日葵出布！

榎本同學也出布！

還有一個人出剪刀！

……還有一個人？

我們三個朝著那個人的方向看去。

「看來是我贏了呢。」

原來是咲姊。

咦，這是怎樣？她怎麼突然跑來湊一腳？咲姊有這麼想玩SUP立槳衝浪嗎？當我的思緒陷入混亂的時候，咲姊一把將日葵扛了起來。

「那我就借走日葵嘍。」

「等等——！咲良姊——！」

從一旁探出頭來的紅葉學姊跟著壓制住拚命掙扎的日葵。

「日葵就來這邊～一起來場女生聚會吧～☆」

「為什麼——？妳們是不是一直都在妨礙我啊！」

咲姊冷笑了一聲。

「妳平常都在跟蠢弟弟玩吧。偶爾也要來刷一下未來姊姊的好感度啊。」

「總之就是這樣～悠悠就跟凜音好好玩吧～♪」

啊啊，被她們帶走了……

我啞然地看著我們的姊姊如同一場風暴般離去，然而榎本同學心情飄飄然地牽起了我的手。

「那麼小悠，我們走吧。」

「在那之後竟然還能表現得跟平常一樣，心靈未免也太強大了吧……」

不過算了。之後再跟日葵一起玩就好了。先跟榎本同學一起體驗一次，掌握訣竅吧。

我們一起抱著衝浪板走進海中。

「我想想。首先讓衝浪板浮起來，大概到膝蓋左右的地方。」

今天的大海風平浪靜。

衝浪板順利地浮在水面上。然後我們兩個好像就能一起坐上去……

「哦哦，還真的站起來了……」

我還以為會在腳踏上去的瞬間就往旁邊倒去，卻完全沒事。

這種衝浪板比普通的衝浪板還要厚實很多。代表當中就是充進了那麼多空氣，因此浮力也很驚人。

觸感滿獨特的。腳邊的感覺儘管這麼不踏實，卻有種莫名的安定感。或許可以說像是在吊床

上隨著海浪搖擺吧。

「榎本同學也坐上來了嗎？」

「唔、嗯。沒問題……」

我轉頭確認了一下，只見她感覺有點緊張地抓著衝浪板的兩端。

剛才還那麼興致勃勃的樣子，真的要玩的時候可能多少還是有點害怕吧。平常的榎本同學不會表現出這種感覺，讓我感到很新鮮。

我們划起槳，漸漸朝著遠離岸邊的海上前進。

……這超難划的。畢竟搭了兩個人，相對地，就得更使勁將海水往後划去才行。為此我們的動作就必須配合到一致。

總之先用呼聲這種傳統的方法試試看好了。

「榎本同學，一——二！」

「嗯！」

啪唰。

……哦哦，感覺還不錯。動作比想像中還更同步。

再稍微前進一段距離之後回頭一看，只見雲雀哥在沙灘上對我們豎起大拇指。看樣子差不多可以站起來了。

「榎本同學，我先站起來試試看喔。」

謹慎一點、謹慎一點……

……哦哦，站起來了。

好厲害啊。只是站起來而已，總覺得視野一口氣變得好寬廣。也可以說是水平線感覺變得很近吧。似乎保持這樣，想去任何地方都沒問題……呃，雖然也不會真的去啦。誰要拋下日葵，自己到別的地方去啊。

我記得身體的方向要斜斜的，不是要站得直挺挺，而是腳要有點彎……

姿勢總算穩定下來了，不過就好的層面來說也滿緊張的。這感覺很好玩耶。有點沉迷的預感……

「榎本同學，妳也要站起來看看嗎？」

應該說，我希望她能站起來。

再這樣下去，榎本同學就會一直看著我的屁股，度過這趟海上之旅了。當我想著無論如何都要阻止這種事情發生時，榎本同學感覺很緊張地說：「我試試看……」並準備站起身來……

「小悠！手、手！」

「啊，嗯。」

她突然這麼大喊，我也連忙伸出了手。

緊緊抓住我的手之後，榎本同學畏畏縮縮地試著站起來。她的腳感覺都在發抖的樣子，簡直就像剛出生的小鹿一樣。

不，我能明白她會感到害怕。我也滿怕的。但這種衝浪板實際上比看起來更安穩，只要冷靜下來應該就沒事了。

問題在於緊緊抱住我手臂的榎本同學的觸感……她這麼拚命的樣子很可愛，但相對的也有種毫不客氣地壓上來的感覺……

（啊啊————……！）

我只能在內心大喊。

還好有穿救生衣！

還好有穿救生衣啊——！

要是沒穿，絕對會讓衝浪板翻掉。而且榎本同學也跟我一起站在上頭，那樣真的不太好。加油啊，我的臉部肌肉。就只有現在我要變得超冷酷。我是冷酷的男人！

「……呼。」

榎本同學站起身來，擦了擦汗。

瀏海貼在她額頭上的模樣很可愛，但我內心並沒有欣賞的從容。

「那、那麼，就再前進一點吧。」

「嗯……」

我們兩人一邊划槳，將海水向後撥去。

「一、二！……嗯嗯？」

呼聲驟然中斷了。

突然間，我的背後傳來一股溫暖的觸感。當然是榎本同學……然而這個姿勢感覺像她依偎著我一樣。

而且，她是怎麼了嗎？總覺得連我都跟著緊張起來，直到剛才還能聽見的浪潮聲都漸漸遠去了。

「小悠，我可以跟你說一件很重要的事情嗎？」

「榎、榎本同學……？」

我的心臟怦咚怦咚地鼓動著。

背後也能感受到榎本同學飛快的心跳。這讓我明白她也覺得很緊張。

她擠出有些沙啞的聲音說：

「說出這種話可能會讓你很傷腦筋，但還是希望你能好好聽我說……」

「唔、嗯……」

體溫突然上升了。

總覺得這個很不妙。我不知道她要說什麼，總之這個氣氛很糟糕。在一大片遼闊的湛藍汪洋上只有我們獨處。可說是完美的浪漫情境。

即使平常是個陰沉的傢伙，也知道這樣的情境代表什麼。應該說，我只覺得現在有著之前和日葵一起去向日葵花田那時一樣滿滿的既視感（Dejavu）。

這樣真的不太好。

我還想繼續跟榎本同學當好朋友——……

「其實，我不會游泳。」

「妳為什麼現在才說啊——！」

難怪她從剛才就一直在發抖！明明不會游泳卻跑到海上來，當然會緊張啊！

我連忙試著用划槳轉換方向。

「趕、趕快回去吧！」

「不行。你要好好護航。」

可惡！在蛋糕店鍛鍊起來的臂力緊緊扣住我的手臂！

明明不會游泳，為什麼還能這麼強勢啊？因為吊橋效應的關係，讓她的臉看起來比平常還要可愛三倍耶！

「啊，我並不是怕水。是只要有游泳圈就沒問題的那種類型。」

「……也就是說，只是不太會游泳而已嗎？」

榎本同學點了點頭。

接著她一臉憤恨地瞪向自己的胸部。

「直到國中都還能很正常地游泳欸……」

「啊，原來是這樣……」

聽她這樣講我就懂了。

難怪榎本同學的運動神經明明還不錯，有時候卻又會動作不靈光地跌倒。是不是因為部分重量的影響，讓她很難在一瞬間取得平衡啊？

也就是說，現在有穿救生衣所以沒問題是吧？雲雀哥也說過，就算翻倒了，只要抓著衝浪板游回岸邊就可以。

「那我們不要跑到太遠的海域，在這邊晃一晃好了？」

「嗯。這樣比較好。」

榎本同學很可愛地答應了。

因為這樣，我們便緩緩划槳，享受了一趟海上之旅。

雲雀哥說過，ＳＵＰ立槳衝浪好玩的地方，就在於可以在海上做些事情。由於能夠鍛鍊核心，有些人會做瑜珈之類的伸展運動來享受這段時光。

更熟練的人還會直接將東西搬到衝浪板來，好在海上釣魚的樣子。由於距離水面很靠近，似乎跟在岸邊釣魚時有不同的樂趣。

我們坐在衝浪板上，用放在防水袋裡的手機拍照之類的，玩了一下。榎本同學切換成自拍模式，並朝著我的臉靠了過來。

「那要拍嘍。」

「唔、嗯。」

啪嚓一聲，照片就拍好了。

哎呀，因為心動了一下，害我的表情顯得很僵。但榎本同學若無其事地擺出勾著頭髮的姿勢，感覺還滿習慣自拍的樣子。

榎本同學動作順暢地修圖。她在我們兩人周遭放了一堆愛心貼圖，感覺相當滿意。

「欸，小悠。」

「怎麼了？」

趁著我疏忽大意，榎本同學突然拋出一個很深入的問題。

「煙火大會那時，你跟小葵接吻了吧。」

「噗呼！」

我差點就要失去平衡，幸好連忙控制住。

做了一次大大的深呼吸讓精神冷靜下來……咳咳咳！唔唔，海潮的氣味太濃，害我嗆到了。

真是的，她突然間說這什麼話啊……

「誰跟妳說的……？」

「之前班上的朋友傳Line跟我說的。」

被、看、到、了……！

這是怎樣，也太丟臉了吧。煙火大會那時心情很高昂所以覺得沒關係，但在冷靜下來之後又聽人拿出來講，只會覺得「拜託殺了我吧」。

「小悠，就只有那次嗎？」

「什、什麼意思？」

「除了那時，你們還有接吻嗎？」

追問得有夠深入耶。

「呃，要回答這個也太害羞了吧……」

榎本同學緊盯著我的視線，感覺比平常還沉重了三成。

「意思就是有嘍？」

「唔咕……」

是的，就只有一次……我在便利商店打工時，日葵拿了伴手禮來探班，然後就在店後面……

呃，她害我說了什麼啊！不過我也只是逕自說出來而已啦！

當我因為自爆而覺得想死的時候，榎本同學嘆了一口氣。

「好好喔。唯獨小葵有很多祕密回憶，好好喔～」

「妳這樣會讓我不知道該做何反應耶……」

要不要乾脆回到岸邊好了……？

好，就這麼做吧。我們玩得滿久了，日葵可能也會擔心……等等，榎本同學的肩膀一直貼過來耶。

這動作跟我家的貓——大福想討啾嚕肉泥時向我們撒嬌的動作很像。榎本同學？這樣平衡感會很不妙，請妳先等一下……

無處可逃的狀況下，我拚命忍耐著，榎本同學則是在極近距離緊緊注視著我。

「欸，小悠。我也想要只屬於我們兩人之間的夏日回憶。」

「夏日回憶……？」

我這麼反問之後，榎本同學稍微輕觸了嘴唇。擦了護唇膏的唇瓣看起來實在太過豔麗，不禁奪走我的目光。

「……像是接吻之類的。」

咕哇啊……

我多多少少有預料到，不過一旦真的聽到她這麼說，破壞力還是太過驚人。這句話就像飛彈一樣把我炸得碎屍萬段。

我拚命地推開榎本同學。

「不、不行啦。那可不行……」

「為什麼？朋友之間的吻，你也跟小葵親過了吧？」

「沒有，沒有好嗎！我們之前才沒做過那種事！」

當那傢伙還是摯友的時候，確實常會牽手或是緊緊抱過來，讓距離感變得很奇怪。但再怎麼說也不會做那種事。畢竟，那是戀人之間才會做的行為……

所以說，在此我必須鄭重拒絕……然而當我這麼想的時候，榎本同學「欸嘿」地雙頰泛紅地笑了起來。

「好耶。那我就是第一個了。」

………………………………

………………………………

………………………………

……喂喂喂也太危險了吧！那瞬間我真的以為心臟都停止了！

這個女生是怎樣啊！與其說她心靈很堅強，應該說她甚至都要控制我的認知了。我已經不知

道怎樣才叫作常識！

（快逃吧。要是繼續待在這裡，感覺真的會親下去……）

時間也差不多了，我便開始試著從衝浪板上下來。

但這個決定不太好。重心一口氣偏移，衝浪板就這麼橫向翻了過去。我們兩個也跟著滑入海中。

「噗哈！」

糟糕，喝到海水了！嘴巴裡超鹹的！

但多虧有穿救身衣，我立刻就浮上海面。我連忙抹了抹臉，趕緊尋找榎本同學……啊，找到了！雖然隔了一點距離，但她也從海中探出頭。

榎本同學一副受到驚嚇的模樣，慌張地確認四周狀況。一發現我，就開始擺動手腳想朝我游過來。

然而她游泳的姿勢真的很僵硬。

「榎本同學？」

啪答啪答啪答啪答啪答啪答啪答啪答……啪答啪答……啪……………啪答……啪答…………靜悄悄……

「榎本同學——！」

我慌慌張張地前去迎接完全放棄游泳的榎本同學。

抓到浮在海面上的榎本同學之後，我的身體反而被她緊緊抓住了。接著她感覺超級鬧脾氣般的鼓起雙頰。

「小悠，實在有點可怕……」

「呃，真的很抱歉……」

但話說回來，也是因為榎本同學說出了奇怪的話吧……

我懷著不太能接受的心情，默默抓著翻過來的衝浪板。也順利找到划槳了，應該沒有什麼損失……

「啊，榎本同學！妳的手機還在嗎？」

「嗯。我有綁在救生衣上。」

那就好……

總之我們拿衝浪板充當浮板，朝著岸邊的方向游去。好像是發現到我們落海，只見雲雀哥為了接我們而跳進海中。

明明處在這種狀況之下，抓著我背部的榎本同學不知為何感覺很開心。才在想究竟是怎麼了，她便對我說：

「感覺跟那個時候很像呢。」

「哪個時候？」

「小學那時，小悠帶著我走的時候。」

「喔喔，那個時候啊……」

在植物園跟家人走散，於是我們一起邊走邊找那時。

我記得那時榎本同學也是這樣，拚命地緊跟在我身後的樣子。

……當時的我，為什麼會喜歡上榎本同學呢？正當我緬懷這個回憶時，榎本同學突然靠過來耳語說道：

「那是只屬於我們的，第一個夏日回憶呢。」

「…………」

這樣真的很不好。

我裝作被海浪聲蓋過而沒有聽見，一邊專注地游去跟雲雀哥會合。

III

「一塵……不染？」

去海邊玩的隔天——

伴隨著「喀咚」的一陣晃動，我跟著轉醒過來。

怎麼了？總覺得身處於一個格外狹隘的地方。而且還傳來微微的震動感。天花板也很低。

天花板……？

不對，這裡不是房間。而是在車子裡。

呃——我跟榎本同學在海上玩ＳＵＰ立槳衝浪……不，那已經結束了。所以現在該不會是在回程的車上？天啊，我好像累到睡著了。

那麼應該是雲雀哥開車……不對，等等。

去海邊玩是昨天的事。在那之後，我的確是搭雲雀哥的車子回來，晚上還請我吃了燒肉。接著送我回家，洗完澡我就去睡了。記憶也到此中斷。

所以這裡到底是哪裡？

這麼想著，我一股作氣撐起身體。

我人在小客車的後座。而且很眼熟……應該說，這是咲姊的車。市內舉辦活動時發的猴子鑰匙圈掛在車內後照鏡上，並隨之晃動著。

「蠢弟弟，你醒了啊。」

咲姊就坐在駕駛座上。一旁有著面帶笑容的猴子晃來晃去的車內後照鏡上，倒映出她冷漠的眼神。

「咲、咲姊。我為什麼……」

「你是要問為什麼人會在我車上嗎？」

「對啊。我應該睡在自己房間吧……」

「不能吵醒你又要把你帶到車上，可是費了我好一番工夫。沒想到你還滿重的耶。」

不，我是個男高中生，會比咲姊還重是理所當然吧。我的體重應該是在平均值……這不是重點吧！有夠危險，差點就要跟平常一樣被轉移話題了！

「悠悠～♪不可以讓姊姊太傷腦筋喔～」

「不是吧，紅葉學姊，與其說是我讓她傷腦筋，應該是她讓我感到困擾……妳為什麼會理所當然地也在車上啊！」

仔細一看，坐在副駕駛座上的人正是紅葉學姊。她今天也穿著白色連身裙，散發出令人眩目的藝人氣場。

紅葉學姊氣噗噗地鼓起臉頰。她感覺很不開心，還「哼哼！」地上下晃動著雙手，那對碩大的胸部也隨之晃動。

「難道我不能出現在這裡嗎～？悠悠，你還滿冷漠的耶～」

「不，更重要的是我搞不清楚現在究竟是什麼情況……」

我看向窗外。

眼前是一整片大海。我不知為何坐在咲姊的車子裡，奔馳在天都還沒亮的沿海道路上。車速超快的，而且前方也看不到號誌燈。這裡大概是高速公路吧。

一棵又一棵加拿利海棗隔著相同間距種在車道旁，另一頭矗立著鳳凰喜凱亞渡假村的飯店。

從這些情境推測……

「咦？為什麼要開往機場啊？」

「哎呀。以你來說，腦筋轉得滿快的嘛。」

「周遭是這樣的景色，而且又在高速公路上，也只能得出這個結論吧……」

「你明明就沒搭過飛機。」

咲姊聳了聳肩。

「我要送紅葉去機場啦。」

「……啊，原來是這樣。」

看來紅葉學姊要回東京了。

咲姊開車出來是為了送她一程。不管怎麼說，這兩個人其實滿要好的嘛。

……不過，我確實明白這是什麼狀況了。明白歸明白，我還是不懂為什麼要把我帶來。

「為什麼要帶我來送紅葉學姊啊？」

我這麼一問，紅葉學姊便轉過頭來。

「不對喔～♪是悠悠也要一起去～☆」

「…………」

我沉默了一段時間，接著費解地歪過頭。

「咦？」

「就當作給你添了麻煩的賠罪～我來介紹東京的飾品創作者跟你認識吧～♪」

我們抵達機場了。

咲姊拿了一只登機箱給我。

「咦？」

「去吧，蠢弟弟。記得買個時髦的伴手禮回來喔。」

我被紅葉學姊拉著走，就這麼完成了登機手續。在等候室中，紅葉學姊買了藏屋的乳酪口味日式甜饅頭給我。

有夠好吃。外皮是鬆軟又Q彈的蒸麵包，包著濃郁的奶油乳酪內餡。

「咦？」

「我很喜歡吃這家的乳酪甜饅頭喔～☆不同於其他品牌的乳酪甜饅頭，有種以獨一無二為目標的感覺，實在很棒呢～♪」

搭上飛機了。第一次進到機艙裡，我的頭撞到了上方的置物櫃。然後還坐在商務艙的座位上，感覺有點奢華。

結束大約一個半小時的空中旅程，便抵達了羽田機場。放眼望去都是超寬敞的通道。有些是上班族，有些是旅伴，總之有各式各樣的人來來往往、川流不息。

「……咦？」

我人在東京。

直線距離有八百公里，走陸路的話要一千兩百公里。

感覺這一切都進展太快了，我連做出反應的閒暇都沒有。為什麼？我為什麼來到東京了？真心搞不懂。這是怎麼回事？

紅葉學姊在行李提領處拿了她的登機箱。接著就用令人難以想像會將我綁架至此的爽朗笑容說道：

「悠悠～那我就在這邊跟你說掰掰嘍～♪」

「什麼！等、等一下……咕呃！」

我才想留住她，卻反而被猛力抓住肩膀。

力道沒有多強勁，但讓我感受到一股莫名的壓迫感。抵擋不過她的氣勢，我不禁陷入沉默。

那副燦爛的笑容帶出了一股不容分說的氛圍。

「悠悠，我也是被逼急了啊～♪要是沒有達成這項任務，我的身體就會變得無法再工作了嘛～♡」

紅葉學姊像在強調自己的胸口般向前傾，並在我的耳邊低語。總覺得飄來了一股甜美的女性香氣，她那豔麗的嗓音也讓我的背脊竄起一陣酥麻。

「硬是把你帶來，我也覺得很對不起你喔～不過雲雀要是察覺到了，就會過來阻撓啊～總之，你接下來只要盡情享受在東京觀光的時間，就全部ＯＫ了～悠悠跟我都很Happy～Happy呀～♡」

「呃，Happy～Happy……？」

紅葉學姊用雙手比了一個「耶」，接著又像螃蟹一樣開開闔闔。我也不明所以地跟著做出一樣的手勢。一點也不Happy。

「那我會再跟你聯絡喔～♪」

就這樣，紅葉學姊還真的走掉了……

被留在原地的我，只能傻眼地目送她離開。人在面臨危機時，身體好像真的會動彈不得。

總之，我開始整理這個現況。首先，我人在東京。光是在這個階段就莫名其妙了。結束思考！……不不不，我不能輕言放棄。再努力一點。

為什麼紅葉學姊要帶我來東京？而且咲姊感覺也有介入。難道又跟日葵有關嗎？但她剛才好像說了雲雀哥怎樣的對吧……？

難不成我被捲入他們的情侶吵架當中？也太傷腦筋了吧……

總之，我先去了行李提領處。拿到登機箱之後，便朝著玻璃門出口走去。

就在我走出去的瞬間，一個不小心就弄倒了登機箱。感覺好像發出了喀嚓之類有點不妙的聲音，但我沒有心思去管這件事了。

「…………」

有個超可愛的美少女，一臉得意洋洋又很有氣勢地站在眼前。

她穿著感覺比平常還要成熟的夏季襯衫搭配裙子，害我一瞬間以為是單純長得像的陌生人。

更重要的是，這裡是東京的羽田機場。再怎麼樣也料想不到她會出現在這裡。

但是，我不認為其他人也會有那頭帶著紅色的獨特黑髮。還有因為單薄的衣物而讓攻擊性更為顯著的那對大胸部也是……

我喚出那個女生的名字。

「榎本同學，妳為什麼會在這裡……？」

她絲毫不顧我深感困惑的心思，就跟平常一樣用惹人憐愛的笑容「欸嘿」地笑了笑。

「我跑來了♪」

「跑來了啊……」

我看著那毫無罪惡感而且太過可愛的笑容，總覺得頓時明白了這一切的原委。

♣ ♣ ♣

從羽田機場搭了將近一小時的計程車之後——

我們來到了東京的澀谷！

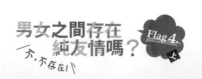

我站在車站前眺望著宛如一大群魚的滿滿人潮，紛紛湧向那個知名的巨大全向交叉路口的樣子，不禁發出「呼欸……」的感嘆……今天有舉辦什麼祭典嗎？這該不會就是大都會的日常光景吧？

當我馬上就因為太多人而暈頭轉向時，人在另一頭的榎本同學叫了我一聲：

「小悠，快來這邊！」

「啊，有看到八公像嗎？」

澀谷的知名地標之一，忠犬八公像。

那個常在晨間新聞之類的地方看到的地標。親眼看到後，讓我莫名有種不可思議的感覺。也很像是動畫角色突然出現在現實生活中那樣。

我看到榎本同學將手機設定成自拍模式，便跟著站到她身邊。

「小悠，我要拍嘍。」

「ＯＫ～」

「啪嚓」一聲響起機械音。

我們兩人一起湊過去看手機畫面，只見上頭映照著我跟榎本同學以忠犬八公像為背景擺出華麗姿勢的身影。

榎本同學立刻就在我跟她的臉上加上狗鬍子跟狗耳朵。我就算了，加上狗耳朵的榎本同學好

可愛。老實說我也很想看可愛的女朋友加上狗耳朵的模樣，所以回家之後我也要幫日葵這樣弄。

「——不是這樣好嗎！」

「呀啊！」

榎本同學差點就要弄掉手機了。連忙接住之後，朝我狠狠地瞪了過來。

「……小悠，突然在別人耳邊大喊也太沒常識了。」

「我才不想聽會突然把別人帶來東京的人談論什麼常識！」

榎本同學不知為何挺起了自豪的大胸部。說穿了，光是這個姿勢就可愛到感覺足以引來經紀公司的星探挖角。

「啊，把小悠帶到這裡來的計畫是小慎想的喔。」

「那個可惡的傢伙……！」

當我咒罵起人不在這裡的真木島時，她拿著手機朝我遞了過來。

（怎樣？視訊通話？）

當我這麼想的時候，一張眼熟的臉就出現在畫面上。一頭褐髮的輕浮男……也就是才剛提及的真木島。他跟平常一樣攤開扇子，快活地笑著。

『啊哈哈。小夏啊，看來整人計畫大成功了呢。』

「吵死了！你這傢伙，不要讓榎本同學做這種過分的事好嗎！」

『你怎麼可以這麼說呢？因為小凜說想跟小夏單獨出去玩，我也只是提點了有這樣的手段而已。實際上做出選擇的終究還是小凜自己喔。』

「少鬼扯，沒有事先取得我的同意就只有滿滿惡意好嗎……」

真木島沒有否定我的說法，只是聳了聳肩。

『從小夏的個性看來，如果讓你跟她一起從家裡這邊搭飛機的話，一定會逃走吧。也算是給你一份驚喜，讓你們在東京會合，果真是正確的選擇呢。』

「小慎，太棒了。」

不要在那邊豎起大拇指，讚許彼此奮鬥的表現好嗎……

總之，我知道這當中包含著明顯的惡意了。既然如此就另當別論。雖然我順勢就來到了澀谷，但事情還沒到無法挽回的地步。

「要是被日葵發現就慘了吧！我要回去了！」

『你說日葵？她早就知道了啊。』

什麼！

在我感到傻眼的時候，真木島揚起一抹竊笑。他將鏡頭拉遠之後，也讓我得知他現在身處的

地方了。

……見到這副童話世界般的裝潢，該不會是榎本同學家的甜點店吧？他好像在店裡的內用區喝著薑汁汽水。

真木島突然朝著廚房的方向一喊：

『日葵，小夏打來嘍。』

在我混亂地想著「到底是怎麼回事？」的時候，手機畫面就出現了日葵的臉。接著她用滿臉燦爛的笑容對著我揮手。

『啊，悠宇，你順利抵達東京了啊～？』

「妳知道我人在哪裡喔……？」

日葵費解地歪過了頭。

『咦？你昨天晚上突然決定要去東京看親戚不是嗎？我也是今天早上才聽咲良姊說這件事，嚇了一跳呢～』

「親戚……？」

我家有親戚住東京嗎？我還是第一次聽說耶。見我一時不知道該說什麼，日葵也感到狐疑。

『……悠宇，怎麼啦？』

「啊，沒事啦！……就是說啊！因為我伯父……那個……好像住院了，所以……就像是來探病吧？雖、雖然傷勢好像也沒有多嚴重啦……哈哈……」

我一時這樣蒙混過去，也不禁嘖了一聲。一旦說出這種藉口，往後也很難再更正了。但也說不出口啊。總不能老實說出在暑假期間丟下她，自己跟其他女生跑來東京玩吧……

日葵說著：「這樣啊～真辛苦呢～」點了點頭。

『既然如此，你也順便去參觀一些時尚的店家吧～其實我很想跟你一起去，但剛好有點事情要處理～』

「什麼事啊？這麼說來，妳怎麼會在榎本同學家的店裡呢？」

日葵擺出一副「就等你問了！」的姿勢。

『榎榎好像忘記管樂社有集訓了～因為店裡人手不足，才會緊急請我來幫忙。』

日葵這麼說完，朝著鏡頭「唔呼♡」一笑，並擺出姿勢。穿著甜點店的圍裙跟時髦的貝雷帽，日葵看起來就像會刊登在時尚雜誌的情人節特輯一樣可愛。我滿心期待明年二月十四日的到來。

『其實我也沒有那麼閒就是了～但既然人家都懇求到這種地步，我也拒絕不了嘛～更何況我就這麼可愛呀～說到招牌女店員就非我莫屬的感覺嘍～』

總覺得她一副超得意忘形的樣子。想必是被榎本同學他們拚命煽動了一番吧。這麼單純的女朋友實在可愛到極點。果然人就是要坦率才好啊！

『話說，悠宇，你預計什麼時候要回來？』

「啊～呃，那個……反正事情已經辦完了，我馬上就……」

這時，真木島突然在手機另一頭大喊：

『這麼說來，小夏之前說大概會在那邊待一星期左右吧？』

「啊？不不不，我馬上就……啊。」

真木島露出邪惡的竊笑。

那副表情道盡了一切。感覺像在說「要是不配合我說話，就馬上把你跟小凜在一起的事情說出來喔」。

榎本同學也一邊拿著手機面對我，比出勝利手勢。聽說她現在正在參加管樂社的集訓，所以這搞不好只是她的幻影……怎麼可能啊。

……認真想想吧。要是被發現我跟榎本同學兩人單獨來到東京會怎樣？不，連想都不用想。我只是跟榎本同學要好一點，日葵就會吃醋了喔。隨便都能想像到會得到怎樣的制裁。

「………………一星期。」

我屈服了。

結果日葵似乎有些遺憾……但為了讓我放心，還是努力流露包容的笑容說：

『悠宇應該想在那邊到處看看飾品吧？哥哥也有說過，這樣的經驗很重要。我也會趁著這次機會，多學習要怎麼接待客人喔。』

「唔、喔。謝謝……」

可惡。堅強又這麼替我著想，讓我的心好痛……

當我因為自責而快要哭出來的時候，手機就還到真木島的手上了。他看準日葵回到廚房的時機，對我露出惹人厭的笑容。

『小凜那麼努力去解決紅葉學姊那件事，你就多少給她一點獎勵吧。那我要去跟女朋友約會了。你們也盡情去玩吧。』

竟然就這樣單方面掛掉視訊電話了。

我嘆了一口氣，轉頭看向榎本同學。

「…………」

「…………」

榎本同學用充滿期待的眼神直直朝我看了過來。唔，好耀眼……！總覺得在她身後的忠犬八公像，也正在用圓滾滾的眼睛看著我！

（……竟然對日葵撒謊並跑來東京旅行，真的是該切腹的重罪耶。）

但榎本同學對我來說也是很重要的摯友，絕對不該看輕這份關係。紅葉學姊那件事情對榎本同學來說，應該也還有其他選擇才是……

「那就當作之前那件事的回禮……」

「唔！」

榎本同學的表情整個亮了起來。我甚至都能看見她跟身後的忠犬八公像一起猛搖著不存在的狗尾巴的幻影！

「那麼小悠，我們走吧。」

榎本同學牽起我的手，就跑了出去。我的步伐比較大，便緩緩跟在小跑步起來的榎本同學後頭。

我們一起跨越全向交叉路口，榎本同學一邊回頭對著我「欸嘿」地笑了笑。那種感覺就像在說「一切都順著我的意思發展」的表情也很可愛，實在太狡猾了。

「我就知道小悠會這麼說。」

「……誰教我的個性就是這麼好懂。」

抬頭一看，天空很狹隘。

高樓大廈外牆上備有巨大到難以想像到底有幾吋的螢幕，一棟棟呈現出像是要觸碰到雲層一般的光景。

人家都說東京的空氣很不好，但我覺得是人的氣味很重。到處都能看到不過是走在路上就會覺得快要喘不過氣的滿滿人潮。

我真的跟榎本同學走在東京的街道上。

走在人群之中，我內心感慨萬千地這麼想著。

♣ ♣ ♣

我跟榎本同學一起進入全向交叉路口附近的一間商業大樓。

環顧了整層樓，我不禁發出歡呼。

「哇啊啊啊啊……！太厲害了吧……！」

這層樓販售的是以女性時尚為主的商品。

放眼望去全是飾品！飾品！還有飾品！

從平價款式到高檔品牌，各式各樣時尚的飾品都陳列在一起。最讓我感到驚訝的是，竟然一路延續到這層樓的深處。

種類也很豐富，反而讓我再次體認到女性用的飾品就是如此多樣化，這個理所當然的事情。

感覺就像看到眼花撩亂的財寶洞窟一般眩目。這肯定是在我家那邊見識不到的光景。

我來到最前面的店家看看。

這間是華麗風格的商店。大概是以像日葵這樣十幾歲的陽光女孩為主要客群吧。

第一眼就覺得商品數量壓倒性的多。掛在走道那邊的項鍊，就像閃亮亮的瀑布一樣。而且每一種的款式都不一樣，令人難以想像店家鎖定的需求範圍究竟有多廣泛。這讓我覺得國中時排列出來的飾品盒，感覺就像在玩家家酒一樣。我總有一天也想擺成這樣……

接著來到隔壁的店家。

這間則是比較成熟的風格……應該說有很多感覺滿高檔的飾品，看起來客群應該是以大學生到社會人士為主。

第一眼看過去就覺得很時髦，仔細一看更是覺得時尚，也太狡猾了。款式也並非直接採用鑽石之類淺顯易懂的主角。應該說明明只是日常使用的休閒款式，設計卻相當洗鍊，真不愧是大都會啊……這種看了當然就會想買啊。

陳列在玻璃櫃當中的是一條又一條散發沉穩光澤的白色項鍊。每一款的設計都很優雅，感覺是比較適合正式場合的款式。

這些項鍊的共通點是……

「白金真的超美耶……！」

「小悠做的飾品，就算是比較貴的，也只是純銀的而已呢。」

「就是說啊。價格差異果然很大。我做的飾品每一款都是獨一無二，而且用到永生花的成本無論如何都很高，實在很難平價販售……」

雖然要看市價跟純度而定，但白金的價格有時也會攀升到純銀的好幾十倍。

當然可以做得非常講究，只是如此一來飾品的價格就會跳升到好幾萬圓。以特製款來說這樣的價位還算合理，如果是一般販售品反而會貴到客人不想買，那就本末倒置了。

（啊，這款好美。超喜歡這種……）

感覺很適合日葵，是比較低調的簡約設計。這樣的款式，就算跟那個鵝掌草的頸飾一起配戴也很好看。

這條多少錢……天啊。

說真的，我多少有猜到了。這看起來就是商務人士平常在戴的感覺。社會人士平常都戴著這種飾品啊。

我姑且把錢包拿出來，確認一下裡面有多少。

……唔喔喔！有稍微厚了一點耶！咲姊幹得好耶！哎呀，人果真就是要有姊姊啊。就算平常再怎麼恐怖……就算是會協助別人綁架自己弟弟的那種沒血沒淚的姊姊也好！不管怎麼說還是會贊助我旅費，真心感謝……嗯嗯？

裡面好像夾了一張紙。我看看……

「從下學期的打工薪水預支」。

她是惡鬼吧！

不但逕自把我交給一個要去東京的可怕大姊姊，旅費竟然還從打工薪水裡面扣，黑心企業看到都傻眼了啦！

但只要用這筆錢，就能買下送給日葵的伴手禮……不，等等。接下來還要在這裡待上一星期，馬上就把錢用掉好嗎……！

當我自己一個人苦惱地沉吟的時候，這才察覺到榎本同學不在身邊。她正專注地在展示櫃的另一頭看著某個東西。

我靠近她身邊，跟她一起看個究竟。

「啊，這個很可愛耶。」

那是一條以貓為主題的項鍊。表現出快要摔下來的貓緊緊抓著的逗趣情境。在沉著的氛圍之中帶有玩心，是一款相當有巧思的飾品。

榎本同學跟剛才的我一樣，緊緊盯著自己的錢包。價格是……嗯，也是呢。畢竟是白金製的，不是一般的女高中生隨便就買得起的東西。

當我這麼想的時候，店員就跑來向我搭話：

「有看到喜歡的嗎～？」

「咦！不是，那個……呃……」

突然有個漂亮的大姊姊這麼問，害我陷入一陣慌亂。真不愧是東京，店員會積極跑來搭話！

當我的美人恐懼症發作的時候，榎本同學毫不遲疑地指著那條貓咪項鍊問：

「請問這個怎麼樣呢？」

「啊，這款賣得很好喔～昨天也賣了一個，我們店裡剩最後一條了。」

「唔唔……！」

最後一條……光是這一句話，就讓榎本同學的表情痛苦地扭曲了。

真不愧是寵物愛好者……應該說，大概正因為不受到真正的動物親近，所以只能透過這種方式宣洩這份心情吧。總覺得越想越悲傷。

結果那個大姊姊感覺有些俏皮地對我耳語：

「我覺得這條項鍊很適合你可愛的女朋友喔。」

榎本同學的雙眼閃現亮光。

「啊，不，我有女朋友了，她只是……」

「現在雖然是摯友，但我們總有一天會變戀人！」

喂，榎本同學！拜託不要馬上就做出奇怪的宣言！

啊啊，真是的。害得大姊姊都露出「天啊，關係好像很複雜……」的表情了。後來氣氛變得超尷尬，我們很快就走出那間店了。

「榎本同學！不能那樣講啦！」

「為什麼？」

「不是啊，我又沒打算要跟日葵分手。」

「別擔心。我預計總有一天小葵會把你讓給我的。」

她緊握拳頭，一副鬥志昂揚的樣子。

嗯——說出來的話實在是史上最難搞，可是她莫名一副正大光明的樣子，不會讓氣氛變得沉重，還真是厲害……

我們從那層樓搭手扶梯下來時，一邊回想起榎本同學看著貓咪項鍊時的表情。她的雙眼閃閃發亮，簡直就像看著玩具展示櫃的小孩子一樣。榎本同學會流露那種表情，想必是相當喜歡吧。

剛才在忠犬八公像前面，真木島有這麼說過對吧……

「小凜那麼努力去解決紅葉學姊那件事，你就多少給她一點獎勵吧。」

這麼說……是也沒錯啦。

而且不只紅葉學姊那件事而已。之前在跟日葵吵架的時候，榎本同學也幫了我很多。我連那時的事情都還沒好好答謝她。

（但送項鍊真的好嗎……？）

這東西我連日葵都還沒送過。

說真的，要送給一個對自己來說只是好朋友的人也太沉重了……不過我也覺得事到如今，才在想沉重與否這種事情也太遲了。即使如此那不是一般高中生會送的……想這也沒意義了吧。

我確實選擇和日葵交往。

但是，這應該也不能成為我不珍惜榎本同學的理由。

「……榎本同學，妳在下面等我一下。」

「咦？嗯，好喔。」

我對著在用手機查資訊的榎本同學留下這句話，再次回到販售飾品的那層樓。

儘管剛才那個大姊姊投來像是「哎呀~♡」的眼神讓我覺得有夠害羞，我還是買下了那條貓咪項鍊。雖然店員還推薦我寫張小卡片（情侶用），唯獨這點我堅決地拒絕了。

包裝完後，我連忙回到榎本同學那邊。當我走到大樓出口時，卻不見榎本同學的身影。

（……咦？她跑去哪裡了？）

我慌慌張張地環顧四周，隨後便在對面一間感覺很時髦的冰品店找到榎本同學。她雙手各拿著一杯冰品，感覺很開心地回來。像是大象鼻子一樣伸得長長的香草冰淇淋上，淋著一圈圈草莓果醬。

「小悠的份我買了店家推薦的口味，應該沒差吧？」

「哇，謝謝！」

在這麼熱的季節，冰涼又柔滑的冰淇淋特別美味。

真不愧是東京。就連杯裝冰淇淋的賣相看起來都這麼時髦，滋味又很濃郁。我們兩個忍不住喊著：「好好吃……♡」並享受著這個夏天……不對不對。吃著冰淇淋，差點就忘記其他事情了。

吃完冰的榎本同學幹勁十足地說：

「小悠，我們去下一個地方吧！」

「啊，嗯……」

錯過時機了……我這麼想著，就將包裝好的項鍊收進帽T的口袋裡。

♣ ♣ ♣

在Google Map的指引下，我們來到了某間咖啡廳。

外觀看起來有點像在推崇復古的感覺。畢竟榎本同學感覺格外起勁，說不定可以在這裡吃到東京最夯的甜點之類。

「小悠，走吧。」

「唔、嗯。也是呢……」

我一邊想著也覺得口很乾了，就跟在她身後進到店裡。一打開入口的門，鈴鐺便發出清脆的聲音。這時有個可愛的店員來接待我們。

「歡迎光臨～兩位對吧。這邊請喔～」

被帶到店內之後，我才察覺到真相。

店內有超多貓！

裡頭散發出昭和的氛圍。天花板上懸掛著無數個貓床，好幾隻貓都舒適地窩在裡頭，視線也緊盯著我們看。

我知道榎本同學真正的用意了。

換句話說，這裡好像就是所謂的貓咪咖啡廳。在我們家那邊來說，反而是罕見主題的咖啡廳。因為野貓在路上到處都是啊……

（這趟旅行全是貓貓狗狗耶……）

我一面有所領會，一面跟榎本同學一起在桌邊坐下。現在剛好是平日剛過中午的時段，店裡空蕩蕩的。

榎本同學用閃閃發亮的目光，看向那些窩在高處的貓。

「小悠！有好多貓咪喔！」

「對啊……」

「那、那隻貓！牠在看我！」

「因為貓會對在動的物體感興趣……」

這股熱情真是驚人。但對於家裡本來就有養貓的人來說，實在不是很能理解，真是抱歉。

「榎本同學，妳剛才在查的就是這間店嗎？」

「對啊。我之前就決定好一定要來這裡。」

她握緊拳頭，喊出決心。

「因為來到這裡應該就有貓咪會喜歡我！」

榎本同學熊熊燃燒著令人感到憐憫的熱情……我看她是被我家大福躲到很消沉吧？

她臉上帶著「欸嘿嘿嘿」的沉醉笑容觀察著這裡的貓。

「啊，好棒喔。這裡有好多不曾在野貓中看過的品種。天啊，布偶貓一臉冷漠的樣子超可愛的。是蘇格蘭摺耳貓耶……我好想摸摸那對摺起來的耳朵。曼赤肯貓那對圓滾滾的眼睛跟小悠一模一樣……波斯貓，好可愛啊波斯貓……」

「榎本同學、榎本同學！店員好像想來幫我們點餐了，妳快點回來啊，榎本同學！」

看著完全陷入另一個世界的榎本同學，就連店員也不知所措。被貓迷得神魂顛倒的榎本同學還比較可愛，但現在得先點餐。

翻開菜單之後，便點了推薦的飲料跟蛋糕。這時我無意間看到「小點心」這個品項。

「請問這個『小點心』是什麼？」

「這是給貓咪吃的小點心喔。」

也就是小費機制是吧。

榎本同學投來萬分期待的眼神，我敵不過她的魄力便追加了這個項目。結果店員向我們推薦了更豪華的方案。

「情侶的話，很推薦這個『變身貓咪套組』喔。」

這感覺又是榎本同學會超感興趣的東西……啊，她果然雙眼閃閃發亮地上鉤了！

「那請加上這個套組。」

「好的～♪」

啊啊，都還沒問清楚是怎樣的內容……！

榎本同學一邊拚命用手機拍窩在高處的那些貓，一副志氣高昂的樣子。

「超期待。」

「榎本同學高興就好……」

不久後，蛋糕跟飲料就送上桌了。我點咖啡，榎本同學則是點了紅茶。還有餵貓吃的小點心，以及……看到坐鎮在托盤角落的東西，我們同時大喊：

「這什麼東西啊！」

「哇，好可愛。」

我沒有看錯，就是貓耳髮箍。百圓商店會在萬聖節前擺出來賣的那種整人玩具。店員一邊指著，笑咪咪地說：

「請把這個戴在頭上，向貓咪們強調『我們也是同伴喔～』。」

隨後便若無其事地像貓一樣彎著雙手，示範「喵喵♪」的動作。

這個瞬間，我把做出這個動作的人換成自己想像了一下，情緒馬上就變得低落。誰會想看臭男生戴貓耳啊。

不管怎麼說，就算是榎本同學應該也會退避三舍……

「小悠，我們戴吧。」

「什麼，沒想到妳這麼起勁……」

「反正都已經點下去了。不然店員也會傷腦筋。」

榎本同學的表情雖然難懂，但其實滿喜歡做這種事情。她率先戴上髮箍，秀出跟店員一樣彎著手腕的動作。

「喵喵。」

左手腕上的曇花手鍊耀眼地閃爍了一下。

「…………」

這一瞬間，我的腦袋當機了。

見我沒有做出反應，榎本同學的臉也越來越紅。接著她低下頭去，伸手放在髮箍上。

「……我還是拿下來好了。」

「抱歉、抱歉！只是因為跟平常的感覺不太一樣，太可愛了害我一時不知道該說什麼才好！這樣真的很適合妳！」

我連忙阻止之後，榎本同學就抬起視線向我傳達：「真的嗎……？」這讓我拚命點頭作為回應。

結果榎本同學「欸嘿」地笑了起來。因為旅行而情緒高昂的榎本同學也真好哄，好可愛……不過店員做出像是「哎呀好青澀喔～♡」的反應，讓我覺得害羞到要死了，拜託別這樣。

「要不要替兩位拍張照呢？」

「好、好的。麻煩妳了……」

反正店裡只有我們三個，要是拒絕拍照就太不識相了……我也戴上髮箍，請店員用榎本同學的手機「啪嚓」一聲拍下。

我看了照片一眼……救命啊，兩人都做出喵喵姿勢也太害羞了吧。榎本同學感覺很開心地一邊點綴照片一邊說：

「我也用LINE傳給你喔。」

「謝、謝謝……」

不過我就算了，榎本同學確實很可愛啦……這張照片絕對不能被日葵看到。

好了。這個歸這個，可不能忘了重頭戲。

我也玩得滿開心的。畢竟我家大福就只跟我不親近。我準備好貓的點心，朝著那些窩在半空的貓示意。

「你們看，是點心喔。」

「貓咪，快過來～♪」

這個瞬間，那些貓的雙眼都亮了起來……感覺是這樣啦。接著那些貓一站起身，就從半空中一跳，朝我們這邊滑翔過來！

連發出哀號的空檔都沒有，我手中的點心就被搶走了。搶奪成功的貓動作俐落地在地板上狂奔，隨後躲到角落去不見身影。

「…………」

沒有蹭貓時間嗎！

難道這不是用點心換來蹭貓的機制嗎！我茫然地往榎本同學看過去。

「榎、榎本同學。這裡的貓還滿有攻擊性的…………哇啊啊啊！」

我這次真的發出哀號了。

榎本同學被一大群貓團團圍繞著，而且還一直舔她！實在太大一群了，我甚至看不到榎本同學的臉。這與其說是榎本同學，應該說是榎本同學形狀的一團毛球。

我傻眼地愣在一旁，不久後那些貓總算吃完點心紛紛離開。牠們動作靈活地跳著貓塔，回到床上。

然後被舔得盡興的榎本同學，已經變成一身白。然而她的表情看起來卻顯得神清氣爽。榎本同學流露出不帶一絲悔恨的感覺朝我看了過來，並「呵」地揚起一抹微笑。

「小悠，我就住在這裡了……」

「不行啦！」

極致幸福的點心時間就這麼重複三次之後，我們便離開了咖啡廳。

♣　♣　♣

我們最後來到的地方是澀谷車站可以直達的超高大樓。這裡就是以澀谷新景點所聞名的地標。據說這一帶的店家數量堪稱最大規模。

我跟榎本同學靠著導覽圖，隨手扶梯而上。我們的目的地是這棟高樓頂樓的展望設施。

一抵達滿面玻璃的頂樓展望區，就能一覽東京風景。

從這一帶最高聳的建築物俯瞰過去的景色相當壯觀，感覺就像走在半空中一樣。

「哇啊——！」

「好壯觀——！」

我們隔著玻璃這麼大喊。差點就連「呀呼——」都要喊出來，但理性還是戰勝了衝動。那樣真的會完全暴露出我們是從鄉下地方來的……

根據不同的時期，好像還會在這個充斥開放感的地方舉辦音樂或瑜珈之類的活動。說真的，這讓我很想參加看看。下次再來東京的時候，就先確認一下這些活動的日程好了。

剛才經過車站前的全向交叉路口，看起來就跟袖珍模型一樣。要是靠得太近好像會有點危險，因此我們也是保持適當距離享受眼下的景色。

「小悠，好像很流行在這裡自拍喔。」

「啊，原來如此。確實會讓人想拍呢。」

於是榎本同學也架好了手機。

光是今天，我們就一起拍了幾張照片啊？我覺得抗拒的心情也越來越淡薄，坦率地跟她一起拍照。就連她將臉頰貼過來也漸漸習慣了……

以都會的遼闊空中景色為背景，也拍了很多紀念照。仔細一看，其他來訪的客人也同樣接連

拍了很多照片。

「接下來去那邊拍。」

「咦，還要拍喔？」

「一邊環繞這個展望區一邊拍。」

原來如此。這的確感覺很有趣。

我們沿著觀覽動線前進，拍了一張又一張的照片。背景當然各有不同，但習慣自拍的我，也擺出越來越大膽的姿勢。

結果榎本同學就切換成錄影模式，對我提出胡亂的要求。

「小悠，請對留在家裡的小葵說一段話。」

「咦？什麼啊？」

「又沒關係。以這種景色為背景說出『我愛妳』的話，小葵也會很開心喔。」

總覺得很可疑。榎本同學會說出這種話也太難得了吧？絕對有什麼盤算……

……不過呢。

榎本同學這麼說也有道理。能以這麼浪漫的景色為背景說出「我愛妳」，好像滿有趣的。日葵那傢伙絕對會喜歡這種。

我輕咳了一聲。在東京遼闊的天空底下心情有點嗨起來，我注視著榎本同學的手機鏡頭說：

「呃，今天把妳留在家裡真是抱歉。這裡是澀谷大樓的展望區，景色真的超壯觀又很暢快。下次我們再一起來吧。我回去之後會立刻跑去見妳。就算分隔兩地，日——」

「凜音。」

「——我也愛著妳。」

隨著叮鈴一聲，結束錄影。

「…………」

「…………」

我們面無表情地對視了好一陣子。

做了一次深呼吸之後，我率先打破沉默。

「喂——榎本同學！不要用有點好聽的聲音換掉名字好嗎——！」

「小悠，千萬不能疏忽大意。」

榎本同學帶著滿滿的成就感對我豎起大拇指。拜託不要用手機播放變成「就算分隔兩地，凜音，我也愛著妳」的影片！

稍微冷靜下來的我，面對自己搞砸並熱騰騰出爐的黑歷史不禁掩面。

「榎本同學變成壞孩子了……」

「我打從一開始就不是乖孩子啊。」

可惡，小惡魔般的榎本同學也好可愛……

我們分別躺上這個設施備有的室外吊床。總覺得太陽的距離很近因此有點熱，但吹來的風還是很舒服。

這時我無意間將手伸進帽T的口袋時，手指碰到了那個包裝好的小盒子……這麼說來，我一直找不到好機會。

我拿出來之後，朝著身旁的吊床遞過去。

「榎本同學，這個……」

「咦？」

這是那間飾品店的小禮盒，拆開漂亮的包裝之後，榎本同學的雙眼亮了起來。

「是貓咪項鍊！」

榎本同學百思不得其解似的朝我注視了過來。看不見的尾巴又搖來搖去的，完全變成我比較不好意思的狀態。

「不是啦，那個……之前紅葉學姊那件事，我也還沒好好向妳道謝。說是把一起旅行當作回禮感覺也不太對。所以，反正機會難得……謝謝妳願意當我重要的朋友。」

大白天說出這種害羞的話，害得我臉也熱了起來……

榎本同學突然跑來我這邊的吊床。彼此的臉靠得很近，讓我不禁怦然心動。這時她將貓咪項鍊從禮物盒中取出，開心地遞到我手上。

「小悠，幫我戴上。」

「啊，嗯。」

我伸手繞向榎本同學的脖子後方。我看看，連接的鉤子是在……當我想著這些時，突然感受到榎本同學溫熱的呼息而僵在原地。

……這個姿勢好像不太妙。

稍微往下看去，就會跟榎本同學羞赧的臉對上眼。我連忙撇開視線……不對，這樣會扣不上鉤子。總覺得緊張到手都在發抖。

冷靜點啊。是說這樣好像會碰到胸部，我的天啊。但要是腰部往後縮又會扣不上項鍊……啊，很好。確實扣上了。

「榎本同學，這樣可以嗎……咦？」

不知為何，她的手繞到我的背後。感覺像在輕撫我的肩胛骨般用手攀著時，榎本同學的嘴唇緩緩靠近，雙眼也跟著濕潤。

「我好開心……」

「……唔！」

糟糕。

頂樓的展望台。有點特別的禮物。非常浪漫的情境。不祥的預感果然成真，榎本同學一臉陶醉地說：

「夏日回憶。」

「不行。絕對不行。」

「這只是摯友的吻。」

「哪來這種文化啊？而且這裡是日本。」

「我會保密的。」

「感覺更不正當了！」

榎本同學按捺不住，她的臉又更靠了過來。真、真的要親喔？

我不禁凝視著那張美麗的臉蛋。這樣定睛端詳，更覺得她真是個美人。我在澀谷這裡也有看到很多可愛的女性，但沒有誰比榎本同學更讓我產生「希望這個人能當我飾品的模特兒」這樣的想法。不放開我的左手手腕上，總覺得那個曇花的手鍊……一直在後頭緊盯著我看。

「小悠……」

「唔！」

聽她輕喚我的名字，讓我頓時回過神來。我連忙把能夠自由活動的左手手掌伸到自己的臉部前方。這也「姆啾」地擋下了榎本同學的嘴唇……超柔軟。

我撇開發燙的臉，含糊不清地做出否定：

「那、那樣就不是摯友了……」

「……姆～」

不是啊榎本同學，就算「咕～」地鼓起臉頰也不行……

「在這趟旅行當中，絕對要貫徹摯友的關係。不然我真的要回家了。」

「好吧。我會忍耐當個摯友。」

真的嗎……

我事不關己地想著，要是一整個星期都像這種感覺，那理性還真危險啊。

♣ ♣ ♣

過了下午六點的時候，我們抵達了水道橋站。

「是東京巨蛋耶……」

「好大……」

這就是那個讀賣巨人隊的主場。雖然有在電視上看過，但那跟親眼目睹的魄力完全無法比擬。真的有種要塞的感覺，好像在抬頭仰望科幻電影裡出現在空中的宇宙戰艦一樣。當然，在這

裡也跟榎本同學自拍了紀念照。

我們走在東京巨蛋城的城牆般的外圍區域，一邊朝著好像就在這附近的目的地前進。

「紅葉學姊說幫我們訂好的飯店就在這附近嗎？」

「嗯。好像就是那棟。」

榎本同學伸手指向的地方，是一棟感覺要直竄天際般巨大的飯店。

哇啊，我的天啊……我還以為會是像我們家那邊的普通商務旅館，所以這當下就讓我不知所措了。

在輝煌的大廳辦理好入住手續之後，一位飯店禮賓人員的大姊姊就來帶領我們到房間。進入感覺飄散著好聞香氣的乾淨電梯，很快就一路朝著高樓上去。

我跟榎本同學彼此悄聲說著：

「這間飯店感覺超高級的，該不會要收小費吧？」

「我也不知道。姊姊只說她會隨便訂間不錯的飯店……」

聽到我們耳語的禮賓小姐輕輕微笑。

「已經包含在住宿費用當中了，請別擔心喔。」

「啊，不好意思……」

有點丟臉。

住在鄉下的高中生，來到這種高檔的地方忍不住就很緊張。不久後電梯抵達了，我們來到住宿的樓層。

（……唔！）

面對瞭望東京街道的窗景，我不禁僵在原地。

環顧四周，只見在場的都是身上西裝感覺就很高級的紳士或上班族，並優雅地享受自己的時間。閃亮又輝煌的裝飾、柔軟的地毯，以及整潔的包廂式休憩空間及飲料吧檯……這絕對不是平民等級的飯店。

在帶領我們前往房間的途中，我不禁對著禮賓小姐問：

「我們什麼都沒聽說，但訂的房間真的是在這裡嗎？」

「是的。榎本小姐在訂房時有附帶要給兩位的留言。」

冷靜地解釋之後，禮賓小姐向我們轉告了留言：

「『這可是我送給妹妹的「超級摯友」悠悠～的大大大款待喔～我身為姊姊呀～為妹妹的「摯友」盡心盡力也是理所當然的～不用擔心錢的問題～但是要給凜音留下許多「摯友的回憶」喔～☆』……以上。」

「啊，這樣啊……」

她格外強調摯友實在讓人很在意，不過這感覺確實是紅葉學姊會說的話。而且禮賓小姐的模

仿莫名逼真，我都差點以為是本人了。

於是來到了我們住宿的房間。

「這間就是兩位的行政套房。祝您過得愉快。」

「哦哦～！」

超寬敞！

說不定比我們家便利商店還要寬敞的客廳裡，擺著時尚的桌子及沙發。套房裡也有廚房，與其說是飯店，感覺更像一般豪宅。

從窗戶俯瞰東京高級地段的街景也很壯觀，感覺就像在天上一樣。角落還擺了一架平台式鋼琴，真不愧是人氣模特兒推薦的飯店。

以高中生的語彙能力來說，已經無法再做更多形容了。總之看到這麼豪華的房間，我跟榎本同學的情緒也高昂到爆表。

「摯友太猛了吧——！」

「摯友好強喔——！」

這裡的浴室也好寬敞！

整個空間鋪滿純白又光滑的石磚，感覺就跟宮殿一樣。竟然能住在這種地方，有來東京真是太好了。

我跟榎本同學不知為何擊掌了一下。雖然嗨到很莫名其妙，反正也沒有其他人看到，沒差啦！

「太強啦！摯友太強啦！」

「摯友超厲害耶！」

這真的很不得了。

跟榎本同學當摯友真是太好……不，這樣講感覺好像我是為了錢財才跟她當朋友一樣，但即使如此，這趟真的是一般的高中生無法體驗的旅行。我發誓，我一輩子都不會忘記這次的經驗！

「嗯嗯？這道門是怎樣？」

「應該是臥室的門吧。」

這麼說來，確實沒看到臥室。

真不愧是行政套房。竟然還有這麼多隔間，我看真的一家人都能住了。我們抱著飄飄然的心情打開了那道房門。

一大張雙人床坐鎮在裡頭。

「「這樣就不是摯友了！」」

我跟榎本同學同時發出哀號。

話說，仔細想想這很明顯就是順勢要住在同一間房嘛！太過豪華的飯店讓我看得眼花撩亂，因此沒能及時注意到這麼重要的事情！

當我的腦袋完全一片空白，渾身也僵在原地時，榎本同學慌慌張張地連忙拿出手機。

紅葉學姊立刻就接起視訊電話了。她好像正在某間優雅的美體沙龍給人按摩。以裸身趴在床上的狀態，對我們揮著手。這畫面實在太過刺激，我不禁撇開了視線。

「姊姊！這間飯店是怎樣！」

『咦～？是凜音自己要我訂一間好一點的飯店吧～？』

「是很高級，但這是雙人房耶！」

『呵呵呵。竟然因為這點事情就這麼慌張，凜音也真是青澀呢～☆』

榎本同學「噗――」地鼓起臉頰，氣到渾身微微顫抖起來。安全待在鐵爪功無法觸及的地方，讓紅葉學姊一臉從容的樣子。

「那個，紅葉學姊……」

『悠悠～怎麼啦～？』

「再怎麼說，男女同房還是……」

『但你們是摯友吧～？既然如此就沒問題啦～就算住在同一間房裡，也不會去想些色色的事情對吧～？』

「唔咕……」

她是鑑於我跟榎本同學之間的關係，才說出這樣令人微妙地難以否定的話。

不管怎麼說，當然都還是會有點在意好嗎？這個人果然因為沒有挖角到日葵而懷恨在心。

『我啊～看到你們留住日葵時的那種耀眼羈絆而深受感動喔～☆所以說，你們就當作這是我的回禮收下吧～♡』

接著，她露出非～常壞心眼的笑容。感覺就像在說：「難道你們以為我會甘願接受這個結果嗎？」她伸手抵在美體沙龍床的枕邊並拄著臉頰，挑釁地加上一句：

『到了暑假結束時～不知道你會不會依然是凜音的「摯友」呢～♪』

「啊，等等……！」

然後就被單方面結束通話了。

接下來無論我們重新撥打幾次電話，她都完全不接。最後甚至傳來拒接的語音通知。

「…………」

「…………」

跟剛才那樣超嗨的情緒截然不同，現在我們之間的氣氛尷尬到不行。榎本同學坐在沙發上，

沮喪地低垂著頭。

「我家姊姊這副德性真是對不起……」

「不，畢竟我家咲姊好像也有湊一腳……」

我們怎麼可能有辦法看穿那兩個人在策劃的事情。我想就連真木島，應該也不至於預料到這個地步。

氣得舉起顫抖的拳頭，榎本同學咬牙切齒地說：

「下次再遇到姊姊，一定要用整盤蛋糕讓她胖個五公斤……」

「別說這種可怕的話啦……」

但究竟該怎麼辦才好呢……當我這樣苦惱的時候，榎本同學感覺做足覺悟地站起身來。她緊握著拳頭，有點自暴自棄地大喊：

「小悠！我們去宣洩壓力吧。」

「宣洩壓力？要去哪裡？」

她緩緩抱起自己的登機箱就進到臥室，並關上房門。是在換衣服嗎？當我才在為了衣物摩擦的聲音而心跳不已的時候，房門就被使勁地打開了！

「好了，走吧！」

我目瞪口呆地看著榎本同學的打扮。

不知為何，她換上了超寬鬆的T恤跟牛仔褲。而且肩膀上還掛著一條大毛巾。雖然覺得這副完全是榎本同學日常穿著的模樣也超可愛，但問題在於她拿在手上的那個東西。

螢光棒。就是在演唱會之類的場合會拿著揮來揮去的發光棒。

「榎本同學，這是怎樣？」

「啊，這是小悠的。」

她將螢光棒遞了過來。感覺還滿好握的，相當合手。

所以說，要拿這個做什麼啊？我費解地歪過頭時，榎本同學感覺很興奮地說：

「接下來要去的地方，是我的聖地。」

「……什麼？」

不久後，我這個困惑就得到解答了。

♣ ♣ ♣

後樂園會館。

這是位於東京巨蛋城裡面的一個活動會場。我們來到後樂園會館大樓的五樓。可容納兩千人的大型活動會館正中央設置了一個正方形的擂台，來自全國各地的職業摔角、拳擊的粉絲都會聚

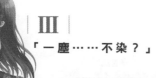

集於此。

簡單來說，這裡好像是知名的格鬥技會場。今晚將會舉辦職業摔角的表演賽。

我跟榎本同學充滿突兀感地坐在擂台正前方的座位上觀賽。怎麼看都是高中生的兩個人，坐在最前方的座位搖著螢光棒感覺很少見。主辦單位的工作人員也一直偷瞄我們。

「榎本同學。妳很喜歡職業摔角呢……」

「嗯。我從國小就在看了。」

這樣啊。有點……不，其實並不意外。我也覺得她平常對付日葵的那招鐵爪功，以自成流派的動作來說未免太俐落了。

擂台上戴著會在漫畫中看到的那種華麗面具的職業摔角選手，正在對另一個留著長髮的冷酷職業摔角選手發動攻勢。

手臂橫向彎成L型，以手肘那邊狠狠揍向對手的肘擊招式。這是連我這個外行人都知道的攻擊。

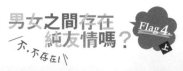

長髮選手的身體稍微往後仰去，這時又立刻以電光石火般的氣勢展開反擊。他的手臂繞到面具選手的視野之外，抱住脖子將他拉了過來。那招我也有看過，我記得是……

「榎本同學，那招叫什麼來著？」

「那叫頭部固定。是職業摔角的基本招式之一。如果練熟這個招式，對手會很難掙脫，不過一般來說有很多招式可以反擊……啊！」

榎本同學說得沒錯，面具選手單手環繞長髮選手的身體之後，用單腳抱起。轉瞬間就直接用膝蓋將長髮選手騰空的身體摔在擂台上！

觀眾這時也發出「哦哦！」的歡呼。

榎本同學感覺很興奮地拚命甩著螢光棒。另外，現場其他觀眾沒有人拿著這個道具！

她跟平常一樣一臉冷酷的表情，滔滔不絕地侃侃道來：

「剛才那招叫單手背部粉碎技，屬於背部墜擊的衍生招式之一，也是在遭受頭部固定時知名的反擊招式。有很多人會直接用這招展開攻擊，看起來雖然只憑著蠻力，但其實是一種需要著重於時機及技巧的纖細招式。更重要的是，既然需要將對手整個抬起來，就很難對體重較重的職業摔角選手使出這一招。啊，順帶一提，據說一開始最先創造出這個招式的人是比爾．羅賓森（Bill Robinson），不過其他歷代選手也有以Pedro Special或是Dragon Backbreaker等名稱使用過這個招式——」

「好！我知道了，妳先等一下！」

我快被資訊的暴力壓垮了。

我看榎本同學雖然表情裝得一如往常，但其實相當興奮吧？

在我們說著這些話的時候，擂台上也展開接二連三的攻防。即使很像是我知道的招式，用法

好像也有微妙的差異，每當這種時候榎本同學都會精準地跟我說明。感覺就像電影的副聲道解說系統一樣……

（哦哦……）

好驚人。力道有夠強勁。

雖然有在電視新聞之類的節目看過職業摔角，但現場的魄力截然不同。像是飛散的汗水之類都能看見，選手撞在一起的時候那種感覺像是「砰咚」的沉重撞擊聲，聽得我都覺得心驚膽顫。

一點也不像是人類的身體撞在一起的反應。手臂可能就跟我的身體差不多般的巨大身軀不斷使出招式，然而能夠承受下來的對戰選手也很不得了……

「感覺好痛……」

「職業摔角是紳士的格鬥技，所以別擔心。他們都有好好地鍛鍊身體，而且只是要表演給觀眾看，才會打得比較有衝擊性而已。」

「喔……原來如此。但應該還是會痛吧……？」

「…………」

榎本同學沉默了一陣子之後……這才流露出花開一般的笑容。

「欸嘿。」

喂。為什麼現在要敷衍過去啊？

啊，我看她應該是覺得要是肯定了我的說法，就會因為平常對日葵做的那些事被罵吧？我也被那樣攻擊過一次所以沒用喔。

不久之後，比賽就結束。由一路占優勢的面具選手獲勝。

直到下一場比賽開始之前的休息時間，我們在販賣部買了熱狗跟飲料回來。下一場比賽很快就開始了。好像總共會進行滿多場比賽，因此整體的步調很快。

……今天的表演賽全數落幕之後，我們便離開了會館。溫熱的風感覺氣溫下降了一點，吹在充斥著熱氣的肌膚上感覺很剛好。

心情也相當興奮的我，有點大膽地喊道：

「職業摔角超帥的耶！」

「我也覺得能現場觀賽真是太棒了！」

我們齊聲喊著「耶～」就互相擊掌。

哎呀～真的很精彩呢。尤其是倒數第二場比賽也太熱血了。根據榎本同學的說明，這場的對戰組合好像是經歷差距滿大的兩個選手。因此大家都認為這場比賽應該會變成比較強的那個選手陪對方打的感覺。然而與這樣的預測相反，那個資深選手在不斷受到單方面攻擊而重心不穩的一瞬間，被一招猛烈的反向攻擊ＫＯ了。就算是我這個外行人，也覺得那招真的超帥。

「逆轉勝！」

「逆轉勝！」

齊聲喊「耶～」然後互相擊掌。

看完比賽的興奮心情跟旅行的疲勞使得情緒有點莫名，但我並不介意。因為這裡是離我家很遠很遠的東京。除了彼此以外，沒有其他人認得我們。

榎本同學由下往上看著我的臉。

「小悠。」

「怎麼了？」

接著她抱住我的手臂，身體也緊緊貼了過來。

我本來想說點什麼，但還是吞了回去。這是以前也常跟日葵有過的接觸。而且在這樣心情絕佳的時候潑冷水也不太好。

榎本同學感覺很開心地對我說：

「明天開始，我們也要玩得盡興喔。」

「……是啊。」

都會的天空很狹隘。

也看不到星星。

這裡是離我家很遠很遠的東京。

不知道日葵現在在做什麼呢？想著這件事情，我也把手伸進口袋……這麼說來，手機不在我身上啊。這也讓我嘆了一口氣。

於是，我就像要對神祈禱似的交疊起雙手。

……拜託不要被日葵發現我跟榎本同學睡在同一個房間裡。

♡　♡　♡

回到飯店之後，我先沖了澡。

熱水打在我的肌膚上，將身體的熱意連同汗水一起沖洗而去。這時我一邊回顧今天整天的事情，真的令我感到相當滿足。

在小慎的策略下，我按照計畫跟小悠來到東京旅行。小悠很體貼，所以我相信他絕對會聽從我的願望。在小葵無法觸及的地方，獨占小悠……

「欸嘿嘿嘿……」

我用雙手壓下忍不住傻笑起來的嘴角。

玩得超開心的。這還是我第一次跟小悠獨處這麼長的時間。而且這樣的日子竟然還能持續六天，簡直就像一場夢一樣。如果暑假能持續這樣下去，不要結束就好了。

光是今天一天，就留下了好多只屬於我們的回憶。

他送了可愛的貓咪項鍊給我，也和很多貓咪玩了很久，更拍了許多紀念照。到現在為止都是滿分一百分。

（……除了我那個姊姊雞婆做了多餘的事之外。）

回想起剛才跟姊姊視訊通話時的事情，不禁大嘆了一口氣……我沒有這個意思。真不想被小悠誤會啊。

我環視這間寬敞又漂亮的浴室。弄出很多泡泡的按摩浴缸之類的全都太時髦了，讓我覺得自己好像變成公主一樣。

姊姊幫我們訂的飯店房間真的太好了……雖然很不甘心，但這讓我深切地明白那個人是真的非常努力地工作。如果面對事業只是抱著得過且過的心態，不可能位於隨便就能給我們訂這麼高級房間的地位。

我泡在寬敞的浴缸裡，俯瞰眼下的景色。

全黑的地平線延續到不見盡頭。這片大地上，四散著數之不盡的繁多燈火。

簡直就像散布著寶石一樣……又或者讓人有種俯瞰著滿天星斗的感覺。說不定從天上看盡人世的神，也是這樣的心境。

我從來不知道夜晚也會這麼明亮。

這種心情就跟那個時候很像。

就跟第一次仰望多如繁星的鮮紅扶桑花的那天一樣。

（……小悠看到這樣的景色，會不會也同樣這麼想呢？）

是的話就好了。

一邊想著這種事情，我走出浴缸。在洗臉檯前擦乾身體之後，穿上蓬鬆又柔軟的浴袍。我拿浴巾擦拭濕答答的頭髮，一邊走到客廳。

小悠正橫躺在沙發上，應該是在看電視吧。現在正播著夜間新聞節目，他的注意力好像全放在上頭。

剛看完職業摔角比賽因而心情有點高昂的我，不禁想對他做點壞事。我躡手躡腳地從他後方靠了過去，接著就從沙發椅背後方猛地探出身體。

「小悠，我洗好嘍！」

……咦？

才在想怎麼都沒有反應，才發現小悠看電視看到睡著了……仔細一聽，甚至還傳來平穩的細細呼聲。

（姆唔。現在才晚上十點多而已耶……）

本來想說晚上可以玩，我還特地把撲克牌帶來了。

面對這個出乎意料的狀況，我有些賭氣地鼓起臉頰。當作洩憤，伸手捏了小悠的鼻子。結果他張開了嘴開始做起深呼吸。手一鬆開，他的嘴又閉上了。感覺好有趣……

小悠睡著的這張沙發很寬敞。應該說，比我家裡的床還要大。我將身體靠在小悠頭上的地方，茫然地眺望著他的臉。感覺有點冷漠，但還是一副幸福的睡臉。

（……是不是夢到小葵了呢？）

我這麼想著，一邊撥開他的瀏海。伸出手指輕輕戳著他的額頭。結果他含糊不清地喃喃說著這種夢話：「住、住手！不要亂噴種子！」……看來不是小葵，而是作了跟花有關的夢。

我轉換了一個又一個電視頻道之後，停留在晚上的綜藝節目。但看了一陣子，還是覺得自己一個人看太無聊，便將電視關掉。

小悠就在一旁呼呼大睡。完全熟睡了。我試著拍了拍他的臉頰，理所當然得不到什麼反應。

「討厭。小悠，來玩啦……」

雖然有點埋怨，但仔細想想，他會這麼累也是理所當然。昨天才去海邊玩，今天又一大早就來到東京旅行。

我注視著他毫無防備的臉，內心忽然湧上一股衝動。

「……這是摯友的吻，應該沒關係吧？」

我俯視著他的睡臉。

沒有任何警戒。小悠很相信我，正因為如此，才會說就算住同一間房也沒關係。

我卻像在惡作劇般，玩弄他的這份信任。

一旦做了這樣的想像，我就不禁打了一陣冷顫。

……沒關係。

小悠會原諒我的。因為我們對彼此來說，都是特別的存在。初戀的兩個人，奇蹟似的重逢了。小悠想必只是沒有察覺，但其實是喜歡我的對吧？

我的心怦咚怦咚地飛快跳動著。

揪緊了胸前浴袍的衣襟，我勾起耳邊的頭髮。緩緩彎下上半身，一點一點地靠近小悠的睡臉。

我的嘴唇「啾」地貼上他的額頭。

「…………」

隨著「噗哈」一聲，我吐出了止住的氣息。

為了讓發燙的臉趕快冷卻下來，我拚命搧著浴袍的衣襟。突然間對自己做出的行為感到害羞，我伸手摀住臉不禁「唔唔～」地沉吟。

（……果然還是不行。）

那就算是違規了。

我不會變成小葵那樣。我已經決定好要正大光明地得到小悠了。

原本以為他會做出某些反應，但小悠依然只是靜靜地睡著。我覺得有點可惜，便到臥室拿出毯子替他蓋上。

關掉電視跟電燈之後，窗外還是很亮，將這個漂亮的房間勾勒出空想般的輪廓。

我自己也一起裹進這件雙人床用的大毯子，在這裡閉上眼睛。

「晚安，小悠。」

明天我們一定也會玩得很開心。

這樣的日子，一定會一直一直持續下去。

你現在喜歡小葵也沒關係。

現在的我是「摯友」也沒關係。

所以唯獨在這趟旅行的期間，「你要當只屬於我的小悠喔」。

◆◆◆◆◆

IV

「真正的友情」

♣♣♣

我跟日葵一起在學校的花壇撒下花的種子。

以在秋冬期間綻放的花為中心，為了製作新的飾品而種下。日葵用起小鏟子就跟自己的手腳一樣靈活。簡直就像我們之間的關係一樣熟練的動作。

儘管運動服被泥土弄髒，日葵還是對我投以一抹笑容。

「悠宇，我們一起讓這些種子開出漂亮的花吧♡」

她的笑容可愛得要命，同時也讓我覺得有些害臊。我一邊想著「不過這世上也沒有比日葵還更漂亮的存在就是了」，跟她一起種著種子。

這是一段平和的時間。如果可以這樣持續一輩子，肯定會很幸福吧。想著想著，我便在土壤上澆了水。

結果奇怪的事情發生了。

◆◆◆◆◆

才剛埋下種子，土壤已經隆起，隨後就發芽竄了出來。再怎麼說也太快了吧。雖然我是這麼想，不過日葵欽佩地說：「哇～好厲害喔～」害我也覺得應該就是這樣。

當我們一起看著花壇時，接著又發生了變化。

轉眼間蜿蜒地生長下去，最後開出了我們都得仰望的巨大花朵。儘管我覺得這樣絕對有問題，但因為日葵拍起手說道：「長好大喔～」害我也覺得應該就是這樣。

然後，那朵花一闔起花瓣，就像氣球一樣膨脹起來。下個瞬間，種子宛如子彈般一個個噴了過來。種子直接擊中額頭，我發出「咕啊！」一聲就往後仰去。但這時還是不斷有種子噴過來，我只能喊著：「住、住手！不要亂噴種子！」並四處逃竄。

日葵說著：「哇～花好漂亮～」一邊被那朵花從頭一口吃了進去。她的腳不斷掙扎，卻還是一再反覆說：「哇～花好漂亮～」真的有點恐怖。畫面看來就像是被古月鳥吃掉的皮卡丘一樣。

「日葵！我這就去救妳！」

我拿著小鏟子衝了過去。但是，卻無法展開行動。

世界突然就被一片黑暗給籠罩了！

（現在是怎樣？我什麼都看不到……？）

然而下個瞬間，一道聚光燈打在我身上。面對太過刺眼的光芒我不禁伸手遮著，以確認所在

的地方。

這是一個正方形的擂台。與此同時，身穿Polo衫、看起來很像裁判的雲雀哥就站在那裡。他閃現一口潔白的牙齒，光明正大地說著：「我發誓，我會做出對悠宇有利的判決！」做出這樣不正當的宣誓。

然後要與我對戰的女子就站在眼前。那是個戴著神祕的貓耳面具，身穿制服，很明顯就像是榎本同學的女生。

「榎、榎本同學……？」

榎本同學搖了搖頭。

「我不是榎本同學。我是面具．德．小凜。」

取名品味有夠俗氣……

當我感到退避三舍的時候，榎本同學動作迅速地擺出鐵爪功的架式。

「想救小葵，就先打倒我吧。」

「真的假的。我完全不覺得能打贏……」

擂台外面，日葵跟大花怪物一起吃著爆米花，朝我們這邊投以呼喊。咦？不用去救，她不就在那邊嗎……？

趁著我還感到困惑的時候，榎本同學採取行動了！

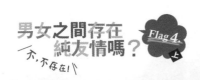

她的手朝我伸了過來。沒有任何誘導動作，是相當坦率的直線攻擊。

使出的是榎本同學最擅長的鐵爪功。只要多加留意她手臂的動作，就可以輕易閃躲……好痛痛痛痛痛！等等，混帳！真木島那傢伙突然從後面現身，高聲笑著「啊哈哈哈」並緊緊架住我的雙手！

這時榎本同學也進逼而來！

「小悠，做好覺悟吧！」

「什麼！」

她用雙手捧著我的臉，迎面露出超可愛的親吻表情。

「住手啊——！」

「這是摯友的吻，沒問題。」

「大有問題好嗎……是說日葵！快來救我啊！」

咦？眼前的日葵不知為何正和紅葉學姊握著彼此的手，熱血地說著：「我要成為世界第一的模特兒！」為什麼突然改變想法了啊？

就在我大感混亂的時候，榎本同學的嘴唇越靠越近了！

「小悠……♡」

「等等——！真的住手，妳快住手啊啊啊——！」

♣ ♣ ♣

——我驚醒過來。

看到榎本同學的臉就近在眼前，我下意識伸出手掌擋下。

「嗯嘎……」

榎本同學發出一道輕聲的哀嚎。

我的心臟怦咚怦咚地跳個不停。這是哪裡？那個擂台是怎樣？大花怪物呢？話說，我得在紅葉學姊把日葵帶走之前去救她……啊，是夢啊。

我重重地大嘆了一口氣。

（這麼說來，我跟榎本同學來到東京了……）

真的作了一場詭異的夢。看來我累得不輕。

一邊想著這些事情……是說我為什麼會這麼累啊？而且，光線有點刺眼耶。真不愧是高樓層的行政套房，照進來的陽光都比平常還要強。

然而問題在於緊緊抱住我的身體，那種莫名的壓迫感以及幸福的觸感是……

在我眼前睡得一臉幸福地打鼾，把我當抱枕一樣緊緊抱住的絕世美少女。她的浴袍滑落肩頭，害我不知道該看哪裡才好……這麼說來，榎本同學是不是有在睡覺的時候會緊緊抱住東西的壞習慣？

平常我應該早就發出哀號了，但剛才那場夢帶給我的衝擊，使得我的情感還跟不上。為什麼會變成這樣？昨天我在等榎本同學去洗澡的時候一邊看著電視，然後就沒記憶了……啊，我看到睡著了啊。

然後榎本同學也沒有回房間睡，就在這裡跟我一樣睡著了吧。她去睡那張高級床鋪不就好了。一想到自己的睡臉應該被她仔細端詳了一番，就覺得丟臉得要命。

……被初戀美少女當成抱枕。

乍看之下好像是非常幸福的情境。但實際上，只是看起來這麼美好而已。因為我從剛才開始就拚命想掙脫，卻完全動彈不得。這與其說是被當抱枕，應該是整個人被緊緊架住吧……？

（死定了、死定了。要是不趕快掙脫，又要被她在睡夢中強吻了……）

當我努力扭動著身體時，榎本同學忽然沉吟了一聲。就在這個瞬間，她睜開眼睛轉醒過來。那雙黑珍珠般的漆黑眼睛緊緊注視著我。

總之我照著榎本同學的習慣，先打招呼再說。

「早、早安。榎本同學。」

「…………早安。」

睡昏頭的榎本同學說著：「嗯唔。姊姊，再睡一下……」就準備再次啟程前往夢境……然後又猛然睜大眼睛。

「唔～～～～～～～！」

她發出不成聲的哀號，慌慌張張地衝進了浴室。

得到解放的我，從沙發上摔落到鬆軟的地毯上。天啊～真不愧是東京。真是個刺激的早晨呢。這對戀愛菜鳥來說承受不起……

這時，我茫然地回想起剛才作的那場夢。比起把日葵一口吞掉的大花怪物，令人感到衝擊的貓耳面具選手等著接吻的表情更是鮮明……

我從沙發的角落將一個蓬鬆柔軟的抱枕拉了過來。直接一臉壓上去之後，我盡情地喊叫出聲。

「啊啊啊啊啊啊啊啊啊啊啊啊啊啊啊啊啊啊啊啊啊啊啊啊啊啊啊啊……！」

竟然就連在夢中也被榎本同學逼吻，我是白痴嗎！我已經有了日葵這個世界上最可愛的女朋友了！我絕對！沒有抱持！任何期待！

我一邊氣喘吁吁地反覆換氣，一邊到窗邊俯瞰都市的早晨。從這裡可以看見許多高樓大廈，以及身穿西裝，正要去公司上班的人們。

花……我想要花……

就是因為這裡沒有花，我的心才會這麼不平靜。只要有花，我一定會鎮定許多。好想在這張桌子上插花……

當我這麼想著的時候，配置在客房內的電話響了。我一按下通話鈕，飯店櫃檯的人員便向我打招呼。

『夏目先生，有您的外線電話。是榎本小姐打來的。』

「咦，找我？」

這時立刻傳來紅葉學姊開朗的聲音。

『嗨～☆悠悠，如果想找漂亮的花，我建議你可以去銀座看看喔～♪』

「為什麼會知道我在想什麼啊？妳應該沒有偷裝竊聽器之類的東西吧！」

『呵呵呵。因為悠悠很好懂啊～你這樣即使成為可以獨當一面的創作者，也很容易被壞人騙喔～』

「……找、找我有什麼事嗎？」

沒有不小心脫口說出：「我正在跟壞人說話好嗎？」我就覺得自己超偉大了。

『好過分喔～難道沒事就不能打電話找你嗎～？』

「真要說起來，我覺得紅葉學姊才是這樣的類型吧……」

而且基本上都心懷不軌。關於旅費跟住宿的飯店是很令人感激，但話說回來這算是綁架……

紅葉學姊跟平常一樣，做出一點也不符合她那副容貌的孩子氣反應，「哼哼！」地強調她很不高興。

『我都特地打來想分享一件悠悠會感興趣的事情耶～你如果要說這種話，那大姊姊就不告訴你嘍～』

「感興趣的事？」

『怎麼～？你想知道嗎～？』

「……呃，那當然是想知道啦。」

我現在有種會怕但又想知道的心情。說真的，我很清楚什麼都別多問，趕緊掛上電話才是明智的選擇。

『那麼～今天就一起吃晚餐吧～』

「不用吧，妳直接在電話裡告訴我不就好了……」

『有什麼關係～不要排擠我啊～』

「昨天說工作很忙的，也是紅葉學姊妳自己吧……」

她是怕寂寞的兔子嗎？

我真的搞不清楚紅葉學姊這樣的態度，究竟是在開玩笑還是認真的。

「我是沒問題啦，但榎本同學從昨天開始就很火大喔。妳要怎麼安撫她？」

『咦～？你怎麼還在用「榎本同學」這種生疏的方式稱呼她啊～？你們昨晚過得很愉快吧～？』

「請不要用勇者鬥惡龍的哏敷衍過去。昨晚我很早就睡著了。」

『嗯～共度一晚還是沒有進展啊～這樣凜音也太可憐了吧～』

少囉嗦啦！

真是的，我都說了我們不是那種關係啊。我可是！已經有了日葵這個！世界第一可愛的女朋友了！

紅葉學姊輕聲笑了笑，感覺像是玩笑話就說到這邊，接著對我說：

『日本橋站附近啊～有間店的蛋包飯很好吃喔～那裡離銀座也很近，你買完花之後我們就在那邊會合吧～♪』

「這麼說來，妳剛才也有這麼說呢。但總覺得銀座沒有花店林立的印象啊……」

說到銀座，感覺就是一個上流的時尚區。像政治家或全身名牌的紳士那種人會出沒的場所。

然而卻要我去那邊逛花店？

當我費解地歪著頭，紅葉學姊開朗地笑了笑。

『悠悠對東京的印象還真好懂呢～既然是高級商業區，就代表那裡對於強調社交性的需求很高啊～♪』

「啊，原來如此。是這個意思啊……」

花最適合贈禮了。就這方面來說，那邊應該會有很多間花店吧。鄉下人的想法表露無遺，我覺得有點丟臉。

跟紅葉學姊約好之後，我說著：「那晚點見嘍～☆」然後掛上電話。不禁嘆了一口氣。

（……我會感興趣的事？）

正當我心想絕對事有蹊蹺的時候，就像看準了時機似的，浴室的門隨之開啟。

我有點緊張地回頭一看，看到榎本同學只露出半邊臉朝我看了過來。那頭漂亮的黑髮跟端正的臉蛋全都整理好了。看來在驚醒之後，她似乎已經梳整好了。

「……小悠。」

「什、什麼事？」

還以為她聽見我跟紅葉學姊的對話，但並非如此。榎本同學的動作忸忸怩怩，而且態度猶疑地問：

「我在睡覺的時候，有沒有做出什麼奇怪的事情？」

「…………」

太難了吧——

這個問題未免太難回答了。我該怎麼說才好呢？奇怪的事情、奇怪的事情……在睡覺的時候差點就被強吻算是奇怪的事情嗎？

不，誰說得出口啊！

「呃——我也才剛醒來，所以記不太清楚耶……」

「………」

不好意思，榎本同學。

妳露出那種覺得有點可惜的感覺是怎樣？拜託不要一再挑戰我的理性好不好……

♣ ♣ ♣

過中午時，我們抵達了銀座。

一邊抬頭仰望傳統演藝的聖地歌舞伎劇場，我跟榎本同學馬上就自拍留下紀念。

結果榎本同學感覺有點興奮地提出要求。

「小悠，我們擺出那個很有歌舞伎感的姿勢吧。」

「很有歌舞伎感的姿勢？」

喔喔，是那個啊。就是演員側身伸出一隻腳，然後定住眼神的動作吧。我記得那好像叫「大亮相」的樣子。

旅行來到第二天，我的羞恥心也變得跟惹人憐愛的花瓣一樣薄了。在歌舞伎劇場這樣莊嚴的建築物前方，我們定睛擺出煞有其事的動作並拍下自拍照。

榎本同學感覺心情非常好的樣子，立刻就在那張照片的臉上畫上紅色的線。

「呵呵！小悠的鬥雞眼好好笑……」

「明明是妳說要這樣拍的，卻只有我露出鬥雞眼也太丟臉……」

我們看了一下歌舞伎劇場的表演時程，但當天場次的座位都賣完了。受到昨天去看職業摔角的影響，讓我對舞台之類的表演產生了興趣，不禁覺得有點可惜。

我們繼續在銀座的街道上四處逛逛。

這裡有像這樣的傳統建築，道路的另一頭卻又聳立著一棟整面玻璃的氣派現代大樓。中央大道的大型交叉路口上，聳立著一棟外觀是復古歐風的百貨公司。而另外一頭則是一整排像是UNIQLO之類平價時尚的店家，以及販售和紙與焚香等老店。這是一處新舊共存的神奇街道。

「榎本同學，妳想去哪裡看看？」

「啊，我想去一個地方。」

看來已經做過完美的景點調查了。真不愧是榎本同學。她循著Google Map的指引走著，我也跟她一起走了過去。

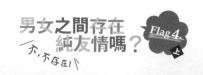

♣ ♣ ♣

銀座三越。

這裡是位於中央大道交叉路口上的巨大商業大樓。我們從知名的三越前獅子像所固守的入口走入店內。真不愧是高級商業地帶的象徵性地標，放眼望去到處都亮晶晶的。我們搭著手扶梯來到了目的地櫃位。

Frédéric Cassel。

這是本店位於巴黎的世界級甜點店。少數的分店之一就進駐這間銀座三越。

整齊地擺放在玻璃展示櫃裡面的，是感覺散發光輝的各式巧克力甜點。

以包裹著酥皮的招牌商品法式千層酥為首，還有巧克力蛋糕跟脆皮泡芙等等。西點類的則有經典的費南雪跟布朗尼之類。

在燈光反射下像寶石一樣閃閃發光的點心，每一個看起來都相當美麗。絕對很好吃的氣場非同小可。就算不是像我一樣喜歡吃甜點的人，想必也會覺得很興奮。這根本是藝術等級了。

「太棒了吧。看起來超好吃……」

「姊姊之前說過，像這種國外知名的店家會跑來開分店，也是銀座的特色之一。」

「這整層樓確實整體來說都有這種感覺呢。」

「像是日本發跡的甜點店之類，也有很多都將本店設置在這邊的樣子。聽說有很多在當地學成歸國的知名甜點師也在這裡開店喔。」

環視其他店家，當然全都陳列著賣相超美的點心。

國內外的名店商品都滿難買到的。既然這些店家能像這樣齊聚一堂，對喜歡的人來說想必是個很令人感激的地方吧。

「但榎本同學真的很了不起呢。」

「為什麼這麼說？」

「就算是出來旅行，也一心想著鑽研甜點。哪像我，完全是來觀光的心情……」

「………」

當我由衷感到尊敬時，榎本同學不知為何愣在原地。

「什麼鑽研甜點？」

啊，這只是因為她自己想吃而已吧……

我對於自己說出口的話感到害臊不已。真希望她能把剛才暴漲的好感度還來。

「小悠，你要吃哪一個？」

「那我要買千層酥。」

榎本同學也買了一樣的甜點。

銀座三越裡面有一塊半露天的區域。沐浴在透過窗戶灑進來的陽光底下，來買東西的客人便在這裡享受一段悠哉的時光。我們也在過來這邊的途中，在新鮮果汁專賣店買了外帶飲料，可說是做好了萬全的準備。

於窗邊的空位就座之後，馬上就準備開動。

長方形的法式千層酥。由濃郁的香草奶油跟焦糖化的金黃色酥皮所構成的斷面賣相超好。首先，當然是跟榎本同學一起自拍。兩人對著鏡頭遞出千層酥的樣子，看起來就像甜點店的宣傳照一樣，讓我們笑到不行。

「我要開動了……啊！」

這時，我才總算注意到一件重大的事。

「榎本同學，沒有叉子……」

「啊……」

畢竟是專做外帶的櫃位，基本上都是給客人帶回去當伴手禮。雖然放了保冷劑，但沒有附叉子。可惡，早知道就先跟店員問看看了。

「怎麼辦？」

「…………」

榎本同學交互看著我跟蛋糕。看那困惑的神色，我十分清楚她在想些什麼。應該說，我也是一樣的心情。

面對這股暴力般的香甜氣味……實在是等不及回飯店再吃。

「好。乾脆用手拿吧。」

「什麼！」

別擔心、別擔心。

兩塊點心都各別附有底紙。只要靈巧地拿起底紙……哦，沒問題。多虧底紙這麼牢靠。

瞧，這細緻的鮮奶油跟酥脆的酥皮斷層是多麼耀眼。美麗的二重奏看起來就像正在對我唱著：「快吃吧～嚕嚕嚕～♪」

我再也受不了了。立刻就「啊——」地張開嘴。

「那我要……嗯嗯？」

榎本同學的眼神緊緊注視著我。

她看起來非常不高興。我從沒看過榎本同學露出這麼孩子氣的彆扭表情。我知道這是想表現出相當不高興的心情，但太過可愛讓人不禁想多看幾眼，反而會造成反效果喔，榎本同學！

「榎本同學，妳不吃嗎？」

「…………」

她一邊忸忸怩怩地勾著自己的手指，一邊交互看著我跟千層酥。啊——原來如此。女生還是不太想在大庭廣眾之下用手抓著東西吃吧。是我沒有顧慮到這一點呢……

……但她昨天還一點也不怕難為情地「喵喵」叫欸。我實在搞不懂她對於羞恥心的基準。

「不然回飯店再一起吃吧？」

「不要。我等不及了。」

「那是要我怎麼辦……」

我的第二任摯友也太任性了吧……啊，但這種被耍得團團轉的感覺也滿令人懷念的，讓我不禁笑了出來。

結果榎本同學似乎想到什麼點子，對著我就張開嘴巴。

「啊——」

「…………」

真的假的……

為什麼讓我餵她吃就可以啊？真希望這個判斷基準可以做成指南手冊，然後發一本給我。

「小悠，快點。」

「不，這樣我很難為情耶……」

「別擔心。這是在摯友的範疇內。」

「如果這樣的基準可以共享給在場的所有人就好了……」

榎本同學用手拍了拍大腿，說著：「總之，快點。」

感覺就像在餵食幼鳥一樣，我將千層酥送到她的嘴邊。榎本同學立刻咬了一口。聽見那酥脆的咀嚼聲，也漸漸滿足了我的心。

榎本同學伸手撐著臉頰，幸福地說：

「好好吃……♡」

咦，陶醉成這樣？看她吃起來感覺超美味的。

當我也跟著心生雀躍時，榎本同學將另一塊千層酥連同底紙一起拿了起來。接著就一副要餵我的樣子。為什麼對著我就可以啊……

「小悠，真的超好吃。」

「不是啊，我可以自己來……」

「不。這應該要立刻吃。一起吃吧，快點。」

「唔唔……」

總覺得……金黃色的千層酥正在呼喚著我。

在下定決心的同時，我一口咬了下去。酥酥脆脆……酥酥……脆脆……酥酥脆……酥脆……

回過神來，我覺得自己好像都要噴出淚來。

「好好吃……」

「對吧。超好吃的！」

這是怎樣？好吃到極點。

這跟我認知當中的法式千層酥蛋糕完全不一樣。濃郁又滋潤的香草甜味才讓人感動到不禁心生這種想法：「誰說要健康取向的？」焦糖化的甜美就使出致命一擊的感覺。我也不知道自己到底在說什麼，總之這場二重奏太不得了了。口味明明就這麼濃郁，完全不一樣的味道卻輪番刺激著味覺。

超好吃。我真的甘願付機票錢來吃這個……

「呵呵呵。好滿足……」

味道這麼濃郁，卻能在轉眼間就吃完。夢境般的時光總是這麼短暫。

當我還沉浸在餘韻之中時，榎本同學也吃完了。她一邊舔著沾在唇上的鮮奶油，一邊向我問道：

「小悠，難道你這樣就打算收手了嗎？」

「……咦？」

我抖了一下做出反應。因為榎本同學的表情看起來相當挑釁。

原來如此。我這是怎麼了，看樣子是日子過得太和平了吧。身為一個堂堂的螞蟻人，這樣的發言也太小看自己了。

既然世界上美味的點心都聚集在這個銀座，那我怎能就此感到滿足。這份戰帖……我就收下了。

「不如說，我覺得現在才正要開始而已呢。」

我少數的特技之一，就是能自己一個人吃完整盤蛋糕。去年聖誕節的時候，我曾經一整天下來三餐都吃便利商店的半價蛋糕。不過跟日葵說了這件事之後，就被她罵說：「絕對不能再這樣做。」

聽了我的回答，榎本同學也流露出「這才像樣」的感覺，眼睛都亮了起來。

「小悠，我們去下一家吧。」

「沒問題。」

吃到世界級的甜點感動過頭，因而開啟莫名其妙的開關之後，我們任憑本能前去吃遍各家甜點了。

♣
♣
♣

完全迷失一開始來到銀座的目的之後，我們這才猛然回過神來。

那間咖啡廳的馬卡龍太好吃了。之前我對馬卡龍的印象都是買來當作伴手禮，但我真的會想買那個來犒賞自己。每一顆都印有各自的圖樣相當時尚，總有一天我想買好幾個擺在盤子上並拍下照片。

那間餐廳的巧克力咖哩也超不得了。本來就是很好吃的咖哩了，再加上明顯的巧克力風味，更是品嚐到了新天地。真的超好吃。

比利時產巧克力、年輪蛋糕、水果聖代全都超好吃。在那邊享受了感覺幾乎是一整年份的甜點之後，我們心滿意足地來到地下鐵，準備回飯店了。

在搭上電車之前總算回想起「啊，我要去逛花店」才趕緊折返……太危險了。要是在這之後只有紅葉學姊的飯局，我們就真的要回飯店去了。

其實仔細一看，就會發現很多地方都有花店。

而且每一間都還是極為時尚的感覺。甚至還有店鋪開在商業大樓的一樓，大門也相當寬敞。展示廳一般四面都是玻璃的空間裡，陳列著各式色彩繽紛的花藝作品。跟榎本同學一起一邊欣賞著，讓我感到相當療癒。

花真的很棒啊。光是這樣欣賞，就會讓心情平靜。以電動來說，肯定有著像是恢復ＭＰ的泉源那種效果。

我溫柔地對著玻璃另一頭的花卉們耳語。

「即使身在不同於日常的生活之中，我也沒有忘記你們的美麗……」

「……小悠，你做出帥哥發言了。」

玻璃上倒映著榎本同學注視著我的表情。天啊，好丟臉！

攝取到在這幾天急速流失的花卉成分之後，我的理性不禁鬆懈了下來。不過這裡的花真的都好美。真不愧是地價高貴的地方，就連花的品質也格外注重。

榎本同學雀躍地拿好手機。

「小悠，你再說一次那種帥哥台詞。」

「妳要拍下來對吧？我絕對不說。」

「我不會給別人看。只會自己享受而已。」

「享受什麼啊！」

拜託饒了我吧。要是留下那樣的影像，我大概再也沒辦法走在光天化日之下了。

「那我們趕緊去找旅行的搭檔吧。」

我們立刻踏入店內。令人感到放鬆的遼闊店內，擺飾著許多花藝作品。

哦哦……這種甚至有點嗆鼻的鮮花香氣。明明身在東京，卻讓我感到有點懷念。我的腳步不禁變得輕盈。榎本同學也很開心地環視著店內。

看過一圈之後，第一個想法是品種相當多元又豐富。

別說向日葵、大麗花、萬壽菊這類以季節來說代表性的花卉了，就連本應已經過了開花時期的玫瑰、鬱金香、洋桔梗等等，都理所當然地陳列在架上。其他還有許多大家喜歡用來贈禮的品種，讓我震懾於不知道店家究竟花費了多少成本。

而且在收銀台旁邊還標示出「現在花藝製作的等候時間」這樣的時間。也就是說，店家會配合客人的要求當場配出花束。裝飾在店內的這些花藝作品，應該就是樣品吧。

我家那邊基本上都是做好現成的給客人購買，而且這樣的服務會耗費相當大的成本吧。換言之，想掌握顧客的心，這就是必備的環節。此時此刻在收銀台後方的工作台上，店員也正製作著花藝作品。

能在顧客會期望提供到如此細微程度的這片土地上生存下來的店家，絕對非同小可。他們這樣的態度很值得尊敬。

這時榎本同學從店內深處回來了。才想說她怎麼好像看起來特別開心，似乎是發現了那種花的樣子。

「小悠，這裡有扶桑花！」

「咦？真的假的。」

陳列著許多盆栽的櫃子上，綻放著色彩鮮豔的花。這裡不只有粉紅色跟橘色這兩種顏色的，

甚至還有雙色交織的盆栽。

榎本同學看著不禁發出「哦」的感慨。

「原來扶桑花是用盆栽在賣的啊……」

「因為扶桑花可以過冬。只要秋天時修剪枝條好好管理，明年也能開出漂亮的花喔。像在沖繩之類的地方，還會拿插枝的扶桑花當土產販售呢。」

榎本同學一邊說著：「是喔～」並仔細觀察眼前的盆栽。

「但總覺得比國小那時看到的還要小耶……」

聽到這個疑問，我就像抓住大好機會般起勁地向她說明：

「市面上販售的扶桑花稱作園藝品種，大多都是在夏威夷之類的地方進行過品種交配。這些花幾乎都比原生種的還要小，應該也有這層原因吧。」

據說木槿屬底下的扶桑花園藝品種，若要包含到很細的分類，其種類就多達一萬種以上。這些大致上可以分成「Hawaiian Type」、「Coral Type」跟「Old Type」三大類別。這裡有的是名為Lemon Yellow跟Painted Lady的Old Type園藝品種。

榎本同學一臉認真的表情用手機做著筆記。好認真。

「那麼，那個時候在植物園看到的扶桑花是……」

「應該是原生種吧。但現在已經沒在展示，因此也無從確認就是了……」

而且那個時候的我們也還很小。從小學生的視角看過去，說不定即使是園藝種，也會產生跟看到原生種一樣的衝擊。

但這樣想未免也太過無趣，我便吞回了這句話。

「榎本同學，妳要挑哪一種花裝飾在飯店呢？」

結果榎本同學好像早就決定好了。她拉著我的手，帶我到同為盆栽的櫃子前。然後指著眼前鮮紅色的花。

「我覺得這種花不錯。」

我還以為她會選扶桑花，因此感到有點意外。

「石蠟紅啊……」

這是分類在天竺葵屬中很受歡迎的一種多年生草本。由於本來被分類在老鸛草屬，因此兩者的學名一樣。

多虧了散發出的花香以減少蟲害，即使是初學者也很容易種起來是一大特徵。歐洲從久遠以前就將石蠟紅視為一種藥草進行栽培，不但可以防蟲也能當精油的原料多方活用。即使在日本也能在路邊的花壇看到這種花種吧。

長長的花莖尖端長著許多星形的花。外觀就像夏季夜晚會玩的那種線香煙火，很有奇幻風情。我國小的時候一直覺得這就跟哈利波特用魔杖施展魔法時很像。

「為什麼要選這個？」

榎本同學環抱雙手，一臉得意地說明。所以我說那個胸部……

「因為我喜歡石蠟紅的花語。」

「花語？」

榎本同學沒有要再繼續說下去的意思。看來是想讓我猜。

（我想想，石蠟紅的花語是……啊！）

我察覺到她的意思了。

石蠟紅的花語是「尊敬」、「信賴」——「真正的友情」。

許多花背靠著背相依的樣子，好像就直接解釋成「將背後交付給彼此的摯友」了。換句話說，這跟鵝掌草一樣是代表友情的一種花。

「榎本同學……」

這句話讓一股熱意湧上心頭。

我也曾經想過跟榎本同學當好朋友，說不定只是我自以為是而已。因為，榎本同學說她喜歡我。所以這樣的關係或許只是在配合我的任性……

但是，榎本同學像這樣對我表達她的友情。這讓我覺得很開心。

就跟國中那場校慶上，感受到日葵的友情並為之撼動那時一樣的心境。一股情緒滿溢而出，讓我不禁抹了抹眼角。感覺有點丟臉。

能跟榎本同學重逢真是太好了……就在我自己為此感動不已的時候，榎本同學「欸嘿」地宣言道：

「我會把這個擺在飯店房間，在旅行中以此為戒喔。」

「結果是驅魔那方面的解釋啊……」

所以說，是那樣吧。要是她又說出摯友之吻之類的話，只要高舉起這個就能驅除惡靈的機制是吧。絕對是必備品啊。

我向店員訂購了石蠟紅的盆栽。沒想到可以直接送到飯店來，我跟他們預約了明天早上的時段。接下來還要去跟紅葉學姊吃飯，真是幫了大忙。

走出花店時，我無意間產生了一個疑問。

（不知道榎本同學是怎麼看待我們現在的關係呢……）

表面上是摯友。

但榎本同學完全沒在掩飾自己對我的好感。

這樣的不平衡讓我感到困惑，但有時也會因此得救……這怎麼想感覺都太順著我的意，讓我覺得有點不舒服。

「小悠，怎麼了嗎？」

當我這麼想的時候，榎本同學湊過來看著我的臉。我連忙撇過頭去，敷衍地說：

「沒有啦，應該是太久沒聞到花的香味覺得有點暈……」

「因為花香嗎？以小悠來說還真難得呢。」

榎本同學開朗地笑了笑，並伸手朝我遞了過來。她手腕上的曇花手鍊彷彿在嘲笑我的藉口太爛似的亮了一下。我看那傢伙真的是有自我意志。絕對有。

「我們也差不多該去跟姊姊會合了。」

「啊，嗯。也是呢。」

牽起榎本同學的手，我們朝著日本橋的方向走去。與此同時，我看見在她脖子上那道還不習慣的光輝，明明是自己買來送她的，卻不禁感到困惑……榎本同學究竟是懷著怎樣的想法收下這條貓咪項鍊的呢？

♣　♣　♣

結果我們在跟紅葉學姊約好的一小時前就抵達了。

當我們在日本橋附近走走的時候，發現有水族館的展覽。這跟我們家那邊的水族館看起來好像有點不太一樣。

榎本同學的雙眼都亮了起來。

「小悠，是金魚耶。」

「哦。感覺滿有趣的嘛。」

看樣子榎本同學對水中生物也感興趣。

買好門票之後，我們立刻就進入館內看看。沿著昏暗館內的路線走著，我們立刻就發出讚嘆。

「天啊，太厲害了……」

「好美……」

一片黑暗中，有許多水槽四周都打上燈光。整體似乎是以展現江戶風情為主題的樣子。

色彩鮮豔的一群群金魚在打上紫色燈光的巨大水槽之中悠哉地四處游著。一邊搖擺著豐沛的尾鰭洄游的樣子，宛如在體現有著妖豔美貌的遊女一般。

榎本同學朝著水槽伸出了手。在朦朧的燈光照耀下，她的側臉不知為何看起來就像是從沒見過的人一樣。

「小悠，這會不會是琉金呢？」

「琉金？」

「金魚的種類。背鰭很高，尾鰭很長的那種。」

「榎本同學，妳真清楚耶……」

我還以為她是毛茸茸動物的專家。這趟旅程當中，榎本同學展現出好多我所不知道的一面。

這些展示都是可以拍照的，因此我們立刻按照慣例開始自拍。

「先把閃光燈關掉……小悠，你能幫我拍嗎？」

「我嗎？是可以啊……」

接過手機之後，為了能拍到我們跟背景的水槽而調整角度。

「那要拍嘍～」

啪嚓一聲按下快門。

確認拍好的照片時，我才發現榎本同學在身旁擺出奇怪的姿勢。她雙手的拇指跟食指都組成圈，抵在雙眼前面。

……在這趟旅行中我們自拍了好幾次，但我從來沒看過這種姿勢。

「榎本同學，這是什麼姿勢？」

榎本同學感覺有點害羞，「欸嘿」地笑了起來。

「凸眼的出目金……」

好可愛！

我差點就要脫口而出，急忙忍下。不，我是不是說出口比較好？但她感覺好像有點害羞，還是不要說比較好啊……

在我受到這樣莫名糾葛的考驗時，榎本同學輕輕拉了拉我的帽T袖子。

「小悠，我們去下一個地方吧。」

「啊，嗯。」

昏暗的走廊上，有著好像在看時代劇一般的圓形窗戶。從障子窗門間可以看見藍色的水槽。那裡也有可愛的金魚優游其中。

「真的到處都是金魚耶。」

「嗯。跟一般水族館不一樣，感覺好新鮮。」

榎本同學的心情也非常好。

下一個區域是做成像巨大掛軸般的魚缸。感覺就像是鑲在牆壁裡的長方形魚缸。巧妙地運用燈光技術，呈現出猶如水墨畫出的金魚在掛軸上游來游去的樣子。

「太厲害了。我喜歡這個……」

「雖然用的色彩很簡單，但非常講究呢。」

榎本同學的感想非常貼切。跟剛才紅色的水槽相比，兩者帶給我動與靜的反差印象。

我們兩人都比出凸眼姿勢自拍。總覺得愛上這個姿勢了。

「不知道展區還有多少耶？」

「大概一半吧。」

一邊說著，我們再次走到走廊上。

就在這個瞬間，我們不禁瞠目結舌。

——眩目耀眼的大型魚缸天花板正映照著我們。

眼前的光景太過驚人。

切分成一塊塊正方形的魚缸，各自在虹彩的燈光照耀下俯瞰著我們。優雅地在水槽裡游來游去的那些金魚之美，讓我們看得沉醉到說不出話來。

據說以前江戶時代的富商會在天花板做個玻璃水槽，以用來鑑賞金魚。這似乎就是在重現那樣的光景，然而絢爛得令人難以相信這是世間之物。

「…………」

我不禁覺得這是藝術的暴力。

這實在是太驚人了。跟這樣的作品相比，總覺得自己的花卉飾品是個相當渺小的東西。

過了一陣子，榎本同學興奮地說：

「小悠，這真的太厲害了！」

「唔、嗯。」

榎本同學也非常中意的樣子。這我也能理解。就連我都無法從眼前的美麗抽開視線。

榎本同學語帶熱意地說：

「跟那個時候很像呢！」

「那個時候？」

這時，我總算轉頭看向榎本同學的側臉。她感覺很開心……又流露出好像在注視著某個遙遠記憶般的表情說：

「就是我們第一次相遇時，在植物園裡看到的那個扶桑花！」

「……唔、嗯。是啊。」

我也覺得留下的印象確實滿相似的。

感覺就像在仰望宇宙繁星般的光景。對於還很小的我們來說，那個扶桑花感覺就像是個相當巨大又遙遠的東西。

——但是，這句話讓我覺得有點奇怪也是不爭的事實。

剛才在花店裡，我跟榎本同學一起見到真正的扶桑花了。那個時候榎本同學也覺得很開心，但反應並沒有像現在這麼大。而且，我還以為她會選擇那個扶桑花來裝點房間。但她所選的是石蠟紅。

若要說她只是憑著當下的心情做出這樣的決定，那也僅此而已。

這卻留了一點芥蒂在我心頭。

下一個區域是成排做成圓柱形的魚缸。無意間，我朝眺望著眼前景色的榎本同學的側臉開口說道：

「那個，榎本同學。」

榎本同學緩緩轉過頭來。

淡淡的光芒勾勒出她的身影，看起來好像有些不切實際。明明就是平常熟悉的她，看起來卻又不太一樣……或者說，搞不好只是我一直以來都沒有想要好好面對她而已。

「榎本同學，妳為什麼會喜歡我？」

「…………」

我吞嚥了一口唾沫進到乾渴的喉頭。

一邊感受著越來越快的心跳，我等著榎本同學的回答。她先是凝視著我好一陣子。但我看不透……她的表情。

然而，下一刻她就費解地歪過頭說：

「小悠，你怎麼突然問起這個？」

「啊，不是……也沒為什麼。」

她不加修飾地反問，反而讓我覺得越來越糗。

不，冷靜想想這也太不要臉了吧。明明有女朋友了，還問別的女生「為什麼會喜歡我？」什麼的，還真的以為自己是大帥哥啊。如果有諾貝爾糗糗獎這樣的獎項，我絕對能勇奪這項殊榮……我動搖到連吐槽自己的哏都太過莫名其妙。

「抱、抱歉。莫名說了這種奇怪的話。我先到出口去嘍……」

連忙找了個藉口，我想沿著動線繼續前進。才第二天而已，這趟旅行的氣氛就被毒害得太深了。要是人生當中只有一次可以讓時間倒轉，我甚至想用在這個瞬間……

但是，榎本同學緊緊抓住我的袖子，留下我的腳步。

「……在那座植物園經歷過的事情，我到現在還記憶猶新。」

我站在原地，回過頭去。

榎本同學的表情非常認真。我入迷地看著她率直的美麗……不禁停下了腳步。

「媽媽從我小時候就一直很忙碌，遲遲沒有時間陪我玩。姊姊的年紀也比我大很多，不太會搭理我。久違的家族旅行一起去那座植物園時，我滿心期待……但姊姊卻自己一個人不斷往前走，根本沒有把心思放在我身上……不知不覺間我們就走散，留下我獨自一人。」

這麼說著，她揚起自虐般的微笑。

「我覺得自己是個沒人理的小孩，想著想著就哭了。但是，小悠不但找到我，還陪我一起去

找姊姊……你當時的背影，讓我覺得非常強大。」

後來我們就一起看到那個扶桑花。

那樣鮮豔強烈的光景撼動了我們的心……

——我因此投入於花的美麗。

——榎本同學則是……

「不知為何，我就是覺得『這個人一定不會背叛我』。那時我認為只要跟小悠一起，一定就能看到更多像扶桑花一樣美麗的東西。」

這麼說著，她握住了手腕上的手鍊。

接著揚起宛如只綻放一晚就會枯萎的曇花般虛幻的笑容。

「小悠，我喜歡你。你現在或許滿腦子都只想著小葵，不過總有一天也要察覺到我的心意喔……在那之前，我會以『摯友』的身分等著你。」

「…………嗯。」

面對她這番話，我微微點了頭。

……榎本同學。

對妳來說，重要的是過去那個扶桑花嗎？

還是我們之間的那段「過去」呢？

妳對我說的那句「喜歡」……

跟我對日葵說的「喜歡」，真的是一樣的意義嗎？

但是，我將這些話收進內心深處。

喜歡某個人的感情，不一定全都一樣。要是對真木島說這種話，想必會被他說著：「小夏也練就了一顆戀愛腦，會對別人的情感說三道四啦。」這般敷衍過去。

所以，現在心頭上的這根刺，一定也只是錯覺而已。

V

Turning Point.「顛」

♡ ♡ ♡

日本橋站。

到了我們約好的時間，姊姊也沒有現身。

我跟小悠兩個人無所事事地等著。看著要回家的男男女女上班族，我們一邊玩著花語猜謎打發時間。

「小悠，香水百合呢？」

「『高貴』。」

「桔梗？」

「『不變的愛』。」

「那溪蓀呢？」

「呃——『不變的心』……不對！是『好消息』！」

用手機查了一下，果然沒錯。

我拍了拍手，小悠就低調地做出一個勝利姿勢。明明手邊沒有任何資料可以看，他卻還是全部答對了。有點得意的小悠也好可愛。

「最後一題差點就答錯了呢。」

「受到前一個桔梗影響啦。『不變的心』是星辰花的花語。而且加上溪蓀，三種都是紫色的花嘛。」

原來如此，我一邊用手機搜尋了一下。

看起來感覺確實滿像的。但全都記得的小悠好厲害。這讓人明白他真的非常喜歡花。

小悠一邊望著車站前的上班族們說：

「但紅葉學姊好慢喔。」

「那我們要不要回去了？」

「呃，再怎麼說也不能這樣吧……」

「是對方遲到了，這也沒辦法。而且都難得出來旅行了，還要陪姊姊也太浪費時間。」

「榎本同學，妳對紅葉學姊真的毫不留情耶……」

這是當然。

是那個人割捨了跟我之間的關係，擅自離家的也是那個人。事到如今，我怎麼可能對她還留

有什麼情分。

說穿了，在把小悠帶過來的當下，那個人的戲分就結束了。然而卻找了一些理由說要見面，真的是莫名其妙。

「……唔！」

我察覺到「某個可能性」而不禁為之戰慄。

不，這種事情……但也是有這個可能。不對。倒不如說若非如此，就難以解釋她的行動了。

姊姊雖然是個隨心所欲的人，但她不會對不感興趣的對象照顧到這種程度……

我的腦海中閃現某種程度的確信。

「難道姊姊喜歡小悠……？」

「不，那真的不可能好嗎……」

小悠厭煩地吐槽這個臆測。

為了反駁，我不禁鼓起雙頰。

「但小悠常會被奇怪的人看上……」

「榎本同學也包含在內就是了……」

就在我們聊著這些的時候。

「凜～音～♪妳最喜歡的姊姊來嘍～☆」

突然有人從背後一把抓起我的胸部。我猛然回頭一看，只見戴著墨鏡的姊姊面帶滿臉笑容現身了。

「哎呀呀～？該不會又變大了吧～？看來～戀愛中的少女會變漂亮是真的呢～♡」

「…………………………※」

連同那頂招牌的白色帽子，我一把將姊姊的頭向上擰起。緊緊抓到極限時，姊姊也開始揮舞手腳掙扎起來。

「……姊姊，我昨天才看職業選手使出背部粉碎技，可以當場讓我試試看嗎？」

「討厭～！我開玩笑的嘛～！」

姊姊拍著變得皺巴巴的帽子，刻意地賭著氣。

「真是的～我想說機會難得，要來加深一下姊妹感情……」

「既然如此就不要性騷擾我。」

姊姊不知道想了什麼，只見她露出不懷好意的笑容。接著就像要誇示我們之間的戰力差距般，向前挺出胸膛。

「好嘛～那就公平一點，也讓妳揉揉姊姊的吧～☆」

「…………」

我嘆了一口氣，伸出右手動了動手指給她看，並發出細微的喀啦喀啦聲響。

「要揉也是沒差，但如果妳的生財道具（胸部）還能平安無事就好了呢……」

「我、我開玩笑的啦～！凜音真是可愛啊～討厭～！」

姊姊慌慌張張地用雙手遮住胸部，慢慢往後拉開距離……真是的。這才總算安靜下來。

小悠很客氣地介入了我們的對話。

「呃，紅葉學姊。所以說，妳要跟我們說什麼事呢……？」

姊姊笑著說：「啊，對耶～」並裝模作樣地拍了一下雙手。

「那就照我們約好的，邊吃晚餐邊說吧～♪」

♡ ♡ ♡

洋食屋泰明軒。

我們在店內二樓的桌席，享用著姊姊點的料理。一用叉子劃開放在飯上的歐姆蛋，鬆鬆綿綿的蛋就像拉開彩球一樣滿溢出來。第一次吃到這麼時髦的蛋包飯，小悠不禁為之感動。

「榎本同學，這看起來好好吃喔。」

「嗯。超漂亮。」

小悠感覺很開心，蛋包飯也超好吃。

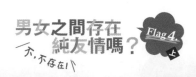

「這個蛋包究竟是怎麼做的啊？」

「去問問看的話，會不會教我們呢……」

「這應該是企業機密吧。」

在我們聊著蛋包飯的話題時，坐在對面的姊姊對我們投來因為紅酒而泛紅的笑容。

「你們喜歡就好～我也很喜歡吃這家餐廳的料理呢～☆」

「姊姊閉嘴。」

小悠「咿！」地縮起身子。看來我的聲音比想像中還更冰冷的樣子。

不過姊姊像是當耳邊風一樣蠻不在乎。剛才開的紅酒瓶很快就喝光後，她又點了一瓶。

「凜音真的很壞耶～姊姊為了妳跟悠悠的這趟旅行做了這麼多努力欸～」

「就這點來說我很感謝妳，但除此之外妳做了太多多餘的事。」

「什麼～難得你們兩人一起來玩，住同一間房也比較開心吧～？」

「就算是同一間房，那樣也太扯了。」

小悠感覺很尷尬地將一口蛋包飯送進嘴裡，接著就露出一臉幸福的表情。中午吃法式千層酥的時候我就這麼想了，但小悠一旦吃到美食，心情就會立刻表現在臉上，實在有夠可愛。暑假結束之後，我再帶家裡的蛋糕給他吃。

趁我看著小悠而鬆懈下來露出破綻，姊姊輕聲笑了起來，並揚起討人厭的笑容對我挑釁。

「不過是看到房間內的雙人床就慌慌張張地打電話過來，凜音也真是青澀啊～♪明明那麼強硬地把悠悠帶到東京來，一到關鍵時刻還是小朋友談戀愛的感覺呢～☆」

「………※」

我正想站起身來的時候，小悠連忙阻止我。

「榎本同學，這裡還有其他客人在啦！不是可以隨便使出鐵爪功的地方！」

「……唔。」

我只好勉為其難地坐了回去。

算了。只要跟姊姊講話，連我都覺得很煩燥。反正她講這些也都不是認真的。

（而且這個人對我又不感興趣……）

在這段期間，小悠便跟姊姊說起話來。

「紅葉學姊。比起這個，妳要跟我們說什麼事呢？」

「唔～難得我想加深跟妹妹的摯友悠悠之間的交情，你這樣的說法讓我很受傷喔～」

「我真的搞不懂這個人到底在開玩笑還是認真的……」

小悠顯得有些消沉。

姊姊說的話基本上都不能當真，他卻還是會認真聆聽，這一點真的很體貼。說什麼「重要的事情」，橫豎不是什麼好事。

唉唉～好想趕快吃完飯就回飯店去喔。

難得跟小悠出外旅行，至今都是滿分一百分。我就是討厭被姊姊這種人攪局嘛。

對了。回飯店之後就一起玩昨天沒玩到的撲克牌吧。然後今晚要一起睡在那張鬆鬆軟軟的大床上！……這當然不是什麼奇怪的意思！

「榎本同學？妳的臉好像很紅耶……」

「我沒事！」

小悠對我搭話的時機點太過剛好，害我連忙繼續吃起飯來。因為姊姊一臉竊笑的樣子，我輕咳了兩聲之後說：

「所以說，姊姊有什麼事？長話短說喔。」

姊姊聳了聳肩，晃了晃紅酒杯。

「我有說好～要介紹東京的飾品創作者給悠悠認識吧～？」

「…………」

聽她這麼說，我皺起眉間。

「什麼意思？」

我看向小悠，一臉認真地歪過頭。

「……請問那是什麼意思？」

姊姊差點就要做出綜藝摔了。這個人很難得做出這樣的反應，害我也嚇了一跳。

她氣噗噗地鼓起臉頰。

「要去機場的時候，咲良不就在車上說了～！」

「咦，在咲姊車上說的？」

小悠陷入沉思。

後來他才輕呼一聲「啊」並點了點頭。

「……好像有說了什麼。」

姊姊心滿意足地點點頭。

「對吧～？所以說，我要帶悠悠……」

「等一下！」

我連忙阻止姊姊繼續說下去。

「我沒聽說這件事。」

「那是當然啊～因為我沒跟凜音講嘛～☆」

「妳不要自作主張。我只拜託妳把小悠帶來而已。」

「那是妳自己的事吧～？但這是我的事，所以妳不用管喔～♪啊，這間店的日式牛肉燴飯也很好吃喔～我在跟悠悠講話的時候，妳也去吃看看吧～」

這時小悠畏畏縮縮地插嘴道：

「不了，紅葉學姊。我們才剛吃了蛋包飯……」

「姊姊。我會吃牛肉燴飯，但這是兩碼子事。」

「啊，還是要吃啊……」

「還有，機會難得，幫我在牛肉燴飯上追加歐姆蛋。」

「是有多喜歡吃蛋啊。」

小悠一臉奇怪的表情，但我沒有放在心上。

姊姊一邊打開第三瓶紅酒，視線也朝著小悠看去。

「我啊～為了在自己成立一間經紀公司時做準備，有資助了幾個具備才能的孩子～我會帶你去見見幾個最近剛好有空的人～這應該會帶給你不錯的刺激喔～」

「紅葉學姊資助的？是製作飾品的創作者嗎？」

「應該說這『也』包含在內吧～我會去找日葵，也是資助計畫的一環喔～♪」

她啜飲一口紅酒，對小悠投以溫柔的微笑。

那表情怎麼看感覺都很假……自從姊姊去了東京之後，就變得很常這樣笑。用強烈的意志鞏固起來的美麗笑容，絕對不流露一絲自己的弱點。

「那些孩子當然也都跟悠悠一樣，已經身為專業人士在進行一些活動了喔～怎麼樣～？你應該滿有興趣的吧～？」

「我當然也很希望有這樣的機會……」

小悠沒有察覺姊姊那抹虛假的笑容，一個不小心就答應了。我為了阻擋下來，便扯著嗓子說道：

「姊姊，妳在盤算什麼？」

姊姊的表情變得有些冰冷……至少我是這樣覺得。

不如說，那比較像是姊姊本來的樣子，讓我對於自己的直覺是對的而感到安心。她果然在盤算一些事情。

但她表情的變化也只有短暫的一瞬而已。

姊姊又重新綻放那像人偶般的笑容，歪過頭對我說著：「嗯～？」催促我說下去。

「姊姊，妳不是那種會幫助小悠達成他夢想的那種人吧？而且上次那件事妳也只是因為小慎意料之外的行動才會敗北，並沒有認同這樣的結果。」

「…………」

姊姊淺淺嘆了一口氣。

「凜音，妳有點變了耶～小時候無論姊姊說什麼，妳都會坦率地相信欸～」

「……廢話。我已經是高中生了。」

聽她搬出小時候的事情，讓我覺得臉頰有些發燙。

要是她繼續說下去會讓我很傷腦筋，便催促她回答我剛才的問題。姊姊像要托起胸部似的環抱雙手，正大光明地說：

「我啊，並沒有放棄要把日葵帶過來喔～☆」

「咦……」

「什……！」

我們不禁語塞。

面對這樣的反應，姊姊開心地輕笑出聲。

「奇怪了耶～你們為什麼這麼驚訝呢～？你們自己也非常清楚，『我並不認同上次一決勝負的結果』對吧～」

這時開口的人是小悠。

「但日葵也說過了，她不想成為模特兒……」

「那只是『現在』的想法吧～？『現在』，她覺得跟悠悠一起度過恩恩愛愛的高中生活很快樂，完全沒有在思考未來的事情對吧～？」

「唔……！」

小悠不禁語塞。

就連我也知道姊姊想說的是什麼……這個人真的很會直搗讓對方感到最不開心的部分。她高中那時，明明就還不是這麼討厭的人。

「男女之間的美好結局，究竟是指『哪個階段』呢～？心意相通的瞬間？還是第一次接吻的時候？又或是第一次發生關係？交往一周年紀念日之類的～？也有些故事是結束在兩人論及同居的階段吧～？結婚更是給人一生中最重要的活動的感覺呢～但是但是呀～這些結局也是有著全～部『遭到推翻』的可能性吧～？」

這麼說著，她像個魔女似的「呵呵呵」地笑了。

「有誰能預料『未來』會發生什麼事呢～？所以說，任誰也不會知道讓那個人得到美好結局的是『什麼』吧～☆」

「妳想說我們這樣的做法是錯的嗎？」

「這可不一定喔～我是模特兒，但我可不是神呀～」

面對不禁上前頂撞的小悠，姊姊用迂迴的說法迴避掉。然後就像要讓他乾著急似的，緩緩將酒杯拿高到視線前方。

「透過上次一決勝負，讓我明白了悠悠跟日葵之間有著強烈的情感牽繫在一起～所以說，我為了掌握到自己的美好結局，就決定換個做法啦～☆」

「做法……？」

「對～既然沒能破壞你們的『戀情』，那來破壞你們的『夢想』就好了～」

「妳說要破壞我們的夢想……」

這是什麼意思？是要妨礙小悠以創作者身分進行活動嗎？可是這「一點也不像姊姊會採取的手段」。

這個人跟小葵的哥哥是同樣類型。做出來的事情乍看之下很離譜，但其實本質都沒有改變。上次要挖角小葵的時候也是，這個人所說的話全都是「正確理論」。正因為如此，小悠才只能仰賴一決勝負這種對自己比較不利的賭注。

小悠語帶緊張感地問：

「帶我去跟其他創作者見面，就會破壞我的夢想嗎？」

姊姊自信滿滿地點了點頭。

「悠悠是井底之蛙嘛～沒見識過大海，就不會知道自己是多麼渺小的存在啊～只要悠悠『自己放棄夢想』，日葵也會跟著自由了。我想說試著從這方面攻克看看～」

她冷哼了兩聲。

「悠悠～現在正是你踏出外頭的世界看看，然後知道自己有幾兩重的時機喔～」

「呃，這說法也太過分……」

小悠覺得有點傻眼。他感覺像是無法衡量姊姊是在開玩笑還是認真的。

……我乖乖聽她講，但也快要受不了了。而且姊姊的說詞未免太過單方面。這種事情對我們又沒有任何好處。更何況這次小葵也沒有被當成人質，只要拒絕她就好了。

我擺出堅決的態度，拍了一下桌子。

接著對嚇到的姊姊開口——

「這位客人？這是您點的歐姆蛋牛肉燴飯。」

「姊姊……呃，謝謝。」

歐姆蛋牛肉燴飯剛好就在這時送了過來，我連忙接下……我面對抖著肩膀的姊姊輕咳了兩聲。

「話說回來，我們又沒必要順從姊姊的意思去做。小悠只要用自己的方式，以『高處』為目標就好了。既然知道是陷阱，怎麼還會傻傻地跳進去啊。」

「……哦～？」

姊姊投來打量般的視線。

她緩緩伸手撐著臉頰，開心地反問道：

「那悠悠的方式是要怎麼做呢？」

「就、就是，呃……」

「沒有具體的方法對吧～？突然被人這麼問，一時也答不上來嘛～」

「就、就是說啊。接下來慢慢找方法就好了。」

「但只要答應我的邀約，說不定就能找到線索了耶～」

「可是，那絕對是陷阱啊……」

「俗話說不入虎穴焉得虎子，對吧～？」

「姊、姊姊，妳自己也有說過，不知道怎樣才是正確解答吧……」

「我確實說過喔～但這不是一直找藉口，朝著輕鬆的方向逃避的意思啊～」

「這才不是找藉口……」

「說穿了～我早就說過這是我要跟悠悠談的事情吧～比起凜音這個局外人的心情，應該要以悠悠的想法為優先才是啊～」

「唔唔……！」

糟了。

我這才發現自己失策了。不小心就「被她牽著鼻子走」。我就是知道自己講不過姊姊的三寸不爛之舌，所以至今才都靠蠻力蒙混過去……

姊姊的笑容中，帶著難以言喻的壓力。

「凜音～？妳的『真心話』是什麼呢～？」

我不禁抖了一下。

「什、什麼真心話，我不知道妳是什麼意思。我是為了小悠才這麼說……」

「騙人的吧～？我知道凜音從小就是『乖孩子』，所以只是說不出任性話而已喔～」

「唔、啊……」

我撇開了視線。

一手緊緊抓著自己的裙子。歐姆蛋牛肉燴飯的湯匙，倒映出我一副快要哭出來的表情。

然後，我忍不住喊道：

「我那麼努力了，這次的旅行是給我的獎勵耶！不可以出現不在我安排當中的計畫！」

「榎本同學……」

小悠表情有點微妙地看著我。

嗚嗚……我覺得自己的臉都快噴出火來一樣，不禁縮起身子。可是，這次是為了我才安排的旅行啊。難得能在沒有小葵的地方跟小悠獨處，我一點也不想被姊姊這種人妨礙。

但是，這樣小悠就能拒絕她了吧。因為小悠不會背叛我對吧？

我們彼此之間有著「特別的羈絆」——

「紅葉學姊，麻煩妳幫我安排跟那個人見面。」

——咦？

我聽錯了嗎？當我不禁語塞時，小悠覺得有些尷尬地搔了搔臉頰。

「這次旅行明明是為了榎本同學而來，我也真的對此感到很抱歉。但我想答應紅葉學姊的邀約。我至今從來沒有想過要去看看其他創作者的活動狀況，但我覺得為了超越過去的自己，這是一次必要的經驗。」

「但、但是，小悠，旅行……」

「我也會努力陪榎本同學玩得盡興。所以，希望妳能給我一點時間。要是玩得不夠，回去之後我也會補償妳的。絕對會，我答應妳。」

「啊嗚……」

都說到這個份上了，我總不能堅持拒絕。

小悠的雙眼沒有看著我。感覺看著某個遠方似的……這讓我的內心掀起一陣從未體驗過的騷動。

我總覺得小悠沒注意到我的心情，只是筆直地看向前方而已。簡直就像只看著「未來」一樣，除此之外都不重要的感覺。

不知為何……雖然只有一點點，但那讓我覺得有些噁心。

「事關飾品的創作，我還是不想退讓。在上次一決勝負時，我可說是無能為力。難得有這次雪恥的機會，要是在這個地方逃開了，我還是不會有任何成長。」

「…………」

我點了點頭。也只能這麼做了。

姊姊面帶微笑，用惡魔般的語氣說：

「那麼，我很期待你輸給人生，深感挫折的那一刻喔～♡」

—Flag 4.〈下〉待續—

後記

你是會容許戀人跟其他異性出去玩的那一派嗎？

還是絕對無法允許的那一派呢？

這是在討論男女之間的友情時一定會出現的一大難題呢。

一如這部《男女友情》中時不時就會拿來寫的話題，人生不會像故事一樣突然間迎來美好結局就結束了。就算跟心儀的對象兩情相悅，在那之後的時間更是漫長。也就是說，整個機制就是在暗示直到悠宇死掉之前，七菜都能盡情收版稅……啊，大家對版稅哏應該都膩了吧。說得也是呢……

總之悠宇馬上就犯了不可饒恕的滔天大罪，但話說回來，有了戀人就必須「捨棄所有在至今的人生中建立起關係的異性友人」這個想法又太無視人權了。可是，做出自己應該要視為最重要的戀人所討厭的事情，也會讓人覺得「這樣也不太對吧？」。

如果七菜是神明大人就會偷偷告訴各位讀者關於這個問題的答案了，但很可惜我並非這樣的存在。剩下的就留給各位自己思考了。不過我話先說在前頭，千萬不可以跟異性友人約會過夜之後說：「悠宇都這樣做了所以沒問題！」不能把責任推到七菜身上喔☆

那麼，夏天的戀愛魔法（笑）讓悠宇變成超越真木島的輕浮男了！究竟在東京有怎樣的試煉在等著他呢？而且這場摯友約會究竟能不能瞞過親愛的女朋友（笑）呢？敬請期待！

以下是謝辭。

K責任編輯、負責插畫的Parum老師，提攜本書製作及販售的各位，這集也給大家添了不少麻煩。我覺得自己這個作者實在是越來越懶散，但各位依然將本作做成跟上一集一樣這麼好的一本書，真的是萬分感謝！

最後是各位讀者……請原諒七菜無能為力，沒能在這次的泳裝回合實裝雲雀的三角泳褲。我會努力成為更強大的作者。往後也請多加支持……咦，不想再支持七菜了？為什麼啦。

就是這樣，希望有機會能再與各位相見。

２０２１年11月　七菜なな

附錄 Turning Point.「笑」

◇◇◇

我是犬塚日葵！

現在正代替去參加管樂社集訓的榎榎在蛋糕店打工！今天在我這個被稱為Yoghurppe（註：一款南日本酪農乳酸飲料）正妹的魅力之下，也賣了很多好吃的蛋糕喔～

屆時心愛的悠宇從東京回來時，就能請他盡情誇讚我了～

※帥哥悠宇登場。

「日葵，聽說妳讓榎本同學他們家蛋糕店的業績提升了三倍？真不愧是我完美又可愛的女朋友啊。」

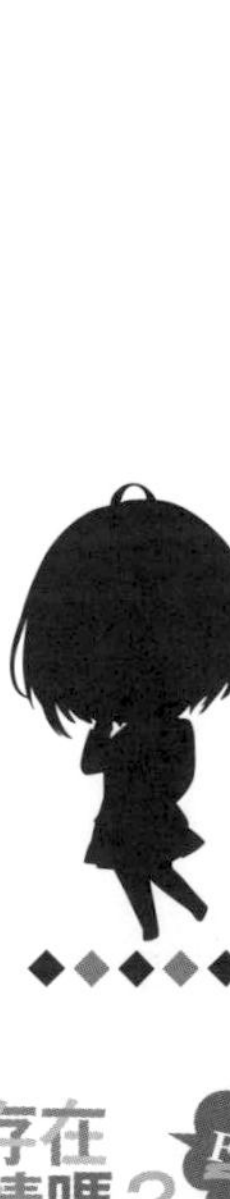

「你誇到這種地步，人家會害羞啦……」

「但專屬於我的日葵的魅力也因此被其他人注意到了，讓我覺得很寂寞耶。」

「悠宇……」

※兩人水潤的眼睛注視著彼此。

這時悠宇抬起我的下巴，嘴唇也漸漸靠近——

呀啊——！呀啊——悠宇也真是的，不可以在大庭廣眾之下這樣啦呀啊——！我只屬於悠宇而已所以不用擔心喔呀啊——！

……正當我這樣自嗨的時候，被榎榎媽媽指責了一下。

「日葵～快回神喔～」

「啊，對不起～」

不行、不行。

我雖然是悠宇的女朋友，但現在更是榎榎他們店裡的招牌女店員。我可要毫無破綻地完成工作，將來也要幫上悠宇的忙喔～♪（比出莫名的姿勢！）

穿上跟榎榎媽媽借來的圍裙，立刻變身成店員小姐。看好了，儘管對著世上最可愛的我伏首稱臣吧！

今天也為了給悠宇看而留下自拍！

……嗯──如果悠宇的手機沒被拿走，就能立刻問他感想了～

但既然他是跑去東京那也沒轍嘛。這麼認真處理家務事的悠宇，我也最喜歡了喔♪

「我們會在廚房做點心，今天也麻煩日葵接待客人嘍。」

「好～！」

到了打工第三天，也越來越得心應手了。

所以說，那就開始顧店吧！反正店內到處都亮晶晶的沒有需要打掃的地方，我就到櫃檯站得直挺挺地等待客人上門。

噗呵呵。其實我很擅長這種事呢。因為平時就很常跟著爺爺去跟一些大人物打招呼。學會這些應對禮儀，遇到什麼狀況都不會傷腦筋。

正想說客人也差不多要來的時候，小鈴鐺就叮鈴叮鈴地響起。今天的第一組客人光臨嘍！

「歡迎光臨～♪」

這位常客阿姨一臉開朗地回應我的招呼。

「哎呀，日葵，今天也真可愛呢。」

「謝謝稱讚～♡」

阿姨跟平常一樣點了一個切片蛋糕跟一個蒙布朗。我便開始準備可以放入兩塊蛋糕的盒子。

我用夾子小心翼翼地取出蛋糕。在包裝商品的期間，我這個能幹的女人為了不讓客人無聊地乾等，少不了來一段打發時間的閒聊（眼睛一亮！）。

「所以啊，我男朋友就跑去東京了～」

「去給他伯父探病啊？真是辛苦呢。」

「就是說啊～還因此一整個星期不會回來耶～不過難得去了一趟東京，這也是沒辦法的事啦～」

「但妳不會覺得不安嗎？」

「咦？為什麼會不安？」

這句意料之外的話，讓我不禁停下包裝蛋糕盒的動作。阿姨感覺沒有惡意，繼續往下說：

「東京有很多可愛的女生不是嗎？搞不好會在那邊稍微放肆一下……」

「啊哈哈。不會啦～♪」

還以為阿姨要說什麼，原來是這樣啊。

害我平白警戒了一下。這種事不會發生在悠宇身上啦。說穿了，他個性超級怕生好嗎～一遇到可愛的女生，他馬上就會安靜下來了。所以完全沒問題！

「…………」

咦，應該沒問題吧？

悠宇那麼怕生，而且也不是會隨便跟著不認識的女生走的那種人……

等等。

悠宇或許很怕生沒錯，但再怎麼說也是我的男朋友。他的帥氣程度可是品質保證的吧。畢竟是世界第一可愛的我所選的男朋友嘛。

（就算悠宇很怕生，但要是女生很強勢的話呢？悠宇也不是會對女生擺出惡劣態度的那種類型……）

※在昏暗的愛情賓館房間裡。

※因為這樣那樣，悠宇現在被性感的大姊姊撲倒在床上。

「哎呀，小帥哥。你是第一次跟女生在床上玩嗎？」

「請、請別這樣。我已經有日葵這個世界第一可愛，而且機靈又體貼，聖母般帶著滿滿慈愛的女朋友了……」

「呵呵呵。真是青澀呀——但是，你是真心喜歡那個可愛的女朋友嗎？」

「這、這是什麼意思？」

「你的女朋友確實是世界第一可愛，但很愛吃醋，個性又很難搞，還馬上就得意忘形……你跟她交往不會覺得累嗎？」

※悠宇猛然睜大雙眼。

「這、這倒是！」

「就這點來說，最喜歡可愛小鮮肉的東京大姊姊可以讓小帥哥保有自己的自由喔。當然，也會支援你成為創作者的夢想♡」

「咦？我有說過夢想是成為創作者這件事嗎？」

「這是妄想嘛。別管那些細節了。」

「說得也是呢……仔細想想，確實是很有包容力的大姊姊好像比較好。」

「對吧、對吧。」

「我要跟東京的大姊姊一起，以創作者為目標！」

「那你的女朋友要怎麼辦？」

「我會忘掉她！那種只會把戲弄別人當成生存意義的女人！」

「呵呵。這就對了。大姊姊會帶你走向幸福美滿的結局喔……♡」

※以下為健全的青少年無法觀看的影像。

「你說什麼這個混帳東西——！」

我一個使力，就將蛋糕盒一把捏扁！

阿姨不禁發出「咿！」的哀嚎。這時我總算回過神來，慌張地把蛋糕藏到後面的櫃子。

「啊、啊哈哈！我男朋友不會做出那種事啦～♪」

「是、是喔？不會就好……」

準備好新的蛋糕，我便目送阿姨離開。

這時榎榎媽媽正好將剛出爐的水果塔放在托盤上從廚房端出來。香甜的奶油氣味挑動著我的鼻腔。

榎榎媽媽看到那個被我捏扁的蛋糕盒，不禁愣了一下。

「哎呀哎呀～這是怎麼啦～？」

「啊，對不起！這個我會買下來！」

「呵呵呵。凡事都有失敗的時候，沒關係啦～」

我們一起陳列著水果塔時，我便把剛才的事情說給榎榎媽媽聽。

「那位阿姨說，悠宇會不會在東京被美人大姊姊伸出魔爪……」

榎榎媽媽說著「哎呀哎呀」並擔心地點了點頭。

「確實會心生不安呢～凜音也突然說要跟姊姊去東京，最近孩子真的都很有行動力呢～」

「這樣啊～榎榎也跟紅葉姊跑去東京……」

我不禁用夾子一把夾碎了正在陳列的水果塔。

「咦？」

「咦？」

我們面面相覷了一陣子之後……

榎榎媽媽一副「啊，說溜嘴了☆」的感覺敲了一下額頭。

「呵呵呵。接著要來做日葵也最喜歡吃，有著滿滿鮮奶油內餡的生乳捲喔～做好之後大家再一起配茶吃吧～」

「等一下！榎榎媽媽，這件事拜託跟我說得詳細一點……！」

今天也精神飽滿地過著我波瀾萬丈的打工生活喔☆

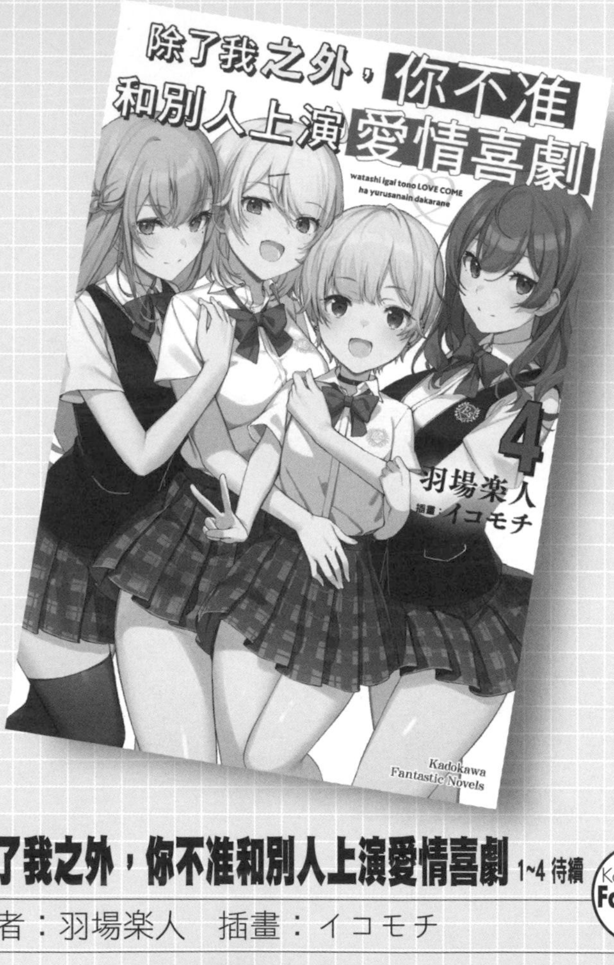

除了我之外，你不准和別人上演愛情喜劇 1~4 待續

Kadokawa Fantastic Novels

作者：羽場楽人　插畫：イコモチ

暑假和情人一起過夜旅行!?
眾美女將以泳裝&浴衣裝扮美豔登場!!

我與夜華終於完成了心心念念的初吻。季節進入夏天。我們即使忙於準備文化祭，也抽空私下見面。挑選泳衣、夏日祭典，還有必定要有的約會。而瀨名會成員去海邊過夜旅行時，發生了事件？夏日魔物肆虐的兩情相悅戀愛喜劇第四集！

各 **NT$200~270/HK$67~90**

我當備胎女友也沒關係。 1 待續

Kadokawa Fantastic Novels

作者：西 条陽　插畫：Re岳

儘管懷裡抱著妳，心裡想的人卻是她……
100%不健全、不純潔又危險的戀愛泥沼

我跟早坂同學都有最喜歡的人，卻都選擇了第二順位的對象交往。即使如此，一旦能跟最喜歡的人兩情相悅，這份關係也會宣告結束。明明是這麼約好的——當我們都接近最喜歡的人時，彼此卻愈陷愈深無法自拔，變得怎麼也離不開對方……

NT$270/HK$90

8
[作者]
二丸修一
[插畫]
しぐれうい
青梅竹馬
絕對不會輸的戀愛喜劇
Kadokawa Fantastic Novels

三角的距離無限趨近零 1~7 待續

Kadokawa Fantastic Novels

作者：岬鷺宮　插畫：Hiten

我愛上的那個女孩體內住著兩個靈魂——
與雙重人格少女譜出的三角戀愛故事。

在跟秋玻與春珂談戀愛的過程中，我變得搞不懂「自己」了。春假期間，她們在旁邊支持我，陪我一起找尋自我。而人格對調時間逐漸縮短的她們同樣到了該面對自己的時候。跟雙重人格少女共度的一年結束，我得知走向終點的「她們」最後的心願——

各 **NT$200~220/HK$67~73**

國家圖書館出版品預行編目資料

男女之間存在純友情嗎?(不,不存在!). Flag 4, 不過,我們是摯友對吧?/七菜なな作 ; 黛西譯. -- 初版. -- 臺北市 : 臺灣角川股份有限公司, 2022.12-

冊 ; 公分. -- (Kadokawa fantastic novels)

譯自 : 男女の友情は成立する?(いや、しないっ!!). Flag 4, でも、わたしたち親友だよね?. 上

ISBN 978-626-352-082-0(上冊 : 平裝)

861.57 111017001

Kadokawa Fantastic Novels

男女之間存在純友情嗎？（不，不存在！）

Flag 4. 不過，我們是摯友對吧？（上）

（原著名：男女の友情は成立する？（いや、しないっ!!）Flag 4. でも、わたしたち親友だよね？〈上〉）

2022年12月22日　初版第1刷發行
2023年6月7日　初版第2刷發行

作　者：七菜なな
插　畫：Parum
譯　者：黛西

發行人：岩崎剛人
總編輯：蔡佩芬
副主編：楊鎮遠
美術設計：宋芳茹
印　務：李明修（主任）、張加恩（主任）、張凱棋

發行所：台灣角川股份有限公司
地　址：104台北市中山區松江路223號3樓
電　話：（02）2515-3000
傳　真：（02）2515-0033
網　址：www.kadokawa.com.tw
劃撥帳戶：台灣角川股份有限公司
劃撥帳號：19487412
法律顧問：有澤法律事務所
製　版：巨茂科技印刷有限公司
ISBN：978-626-352-082-0
